王永跃 ◎ 著

熊猫作伴

中国农业出版社
北京

图书在版编目（CIP）数据

熊猫作伴 / 王永跃著 . —北京：农村读物出版社，
2023.9
ISBN 978-7-5048-5843-6

Ⅰ.①熊⋯　Ⅱ.①王⋯　Ⅲ.①纪实文学－中国－当代
Ⅳ.①I25

中国国家版本馆 CIP 数据核字（2023）第 139103 号

熊猫作伴
XIONGMAO ZUOBAN

农村读物出版社出版
地址：北京市朝阳区麦子店街 18 号楼
邮编：100125
策划编辑：黎思玮
责任编辑：黎思玮　杨　婧
版式设计：杨　婧　责任校对：吴丽婷　责任印制：王　宏
摄影（按拼音排序）：衡　毅　李　伟　李传有　刘　梅
　　　　　　　　　　罗　波　王　淳　谢　浩
印刷：北京通州皇家印刷厂
版次：2023 年 9 月第 1 版
印次：2023 年 9 月北京第 1 次印刷
发行：新华书店北京发行所
开本：880mm×1230mm　1/32
印张：9
字数：251 千字
定价：48.00 元

目录
CONTENTS

大熊猫生活在深山密林里，即便是早期穿行在森林里的猎人也很难一睹真容，哪怕脚跟前就是冒着热气的熊猫粪便。要保护大熊猫，不仅要近距离接触它们，还要了解它们的生态习性。有这样一群人，用一种特殊的方法，走进了大熊猫的世界。

你停它也停，你跑它就追！被大熊猫逼至悬崖无路可退是一种什么样的无奈和恐惧？从800万年时光隧道里走来的大熊猫，的确是猛兽啊！

梅花灯的"梅"通"没"。那些失去了在森林里继续生存本领的大熊猫，它们就真的没有可能延续后代了吗？

chapter 1

第一章 森林里有一座泥瓦房

　　大熊猫生活在深山密林里，即便是早期穿行在森林里的猎人也很难一睹真容，哪怕脚跟前就是冒着热气的熊猫粪便。要保护大熊猫，不仅要近距离接触它们，还要了解它们的生态习性。有这样一群人，用一种特殊的方法，走进了大熊猫的世界。

PANDA

很多年前，邛崃山里的卧龙是一个隐秘的地方。传说羌族的一支部落流落到这里开始刀耕火种，定居下来。后来，山那边的一些藏族也陆续搬迁到这里，渐渐形成了多个藏族和羌族融合的村寨。人们日出而作，日落而息，靠山吃山，过着平静的日子。由于地处深山，这里很少受到外界的打扰。

　　1983年，卧龙一改往日的平静，名声大噪。因为在莽莽群山之间，生活着一种令全世界惊叹的明星物种——大熊猫。刚从四川大学生物系毕业的张和民，也是为此而来。

　　十年苦读，终于能接触到自己喜欢的工作，与珍贵的大熊猫打交道，张和民的心里有一团火在燃烧。直到扒上拉运牦牛的货车，一路颠簸到了卧龙，最后又翻山越岭，到了荒无人烟的"五一棚"大熊猫野外生态监测站，住进多人合住的简易帐篷，这团火才逐渐冷却下来。原来，研究大熊猫不在实验室，也不在动物园，而是在它生活的密林深处。

此时的五一棚，已经有了十来个人。他们穿着毛蓝色的劳保服，打着绑腿，背着无线电接收机，早出晚归，寻找、跟踪那些难得一见的野生大熊猫。打头的，是被称为中国大熊猫保护研究"第一把交椅"的胡锦矗教授。

头发乌黑、个子高大、大眼方脸的胡锦矗，早在1974年，就率队到卧龙调查过大熊猫，完成了我国第一次大熊猫调查卧龙数据的收集。数据显示，卧龙的大熊猫分布密度极高，尽管那时人们的保护意识并不强，但150多只野生大熊猫的分布数量让胡锦矗激动不已。后来，国家决定建设野生大熊猫监测站的时候，胡锦矗又回到了这里，选择了五一棚作为我国最早的大熊猫野外跟踪、调查监测站。可以说，他就是五一棚的创始人。

从如何寻找监测路段到如何使用无线电接收器，从如何通过粪便判断大熊猫的年龄大小到躲避野外调查工作时遇到的危险，在这里，张和民得到了胡锦矗无私的帮助，很快便成了野生大熊猫跟踪、监测的一把好手。

张和民还遇到了年近五十、被称为"本地人"的彭加干。其实，彭加干也不是土生土长的本地人。少年时，为躲避战乱，父辈带着他从平原来到了大山里，在卧龙的村寨里定居。后来，又结婚生子，成了大家口中的本地人。

已经在五一棚工作了几年的彭加干，对这个刚分配来的、山外长大的大学生很照顾。除了饮食起居，他还在野外工作时经常提醒要注意的事项。工作之余，他们还会坐在五一棚旁边的红桦林边聊聊家长里短。也是从彭加干的讲述里，张和民才知道了卧龙大熊猫保护和跟踪的起源。

彭加干说，战乱让他离开了家乡，过上了与森林为伴的生活。大山好似一座巨大的屏障，隔离了外界的喧嚣，让他和家人远离了战乱带来的恐慌，享受到了大山孕育的丰富物产。青年时期，他从当地村民那里学会了打猎。他们在原始森林里围猎，猎枪瞄准肥美的野牛、野山羊和猪獾，用以换取粮食和茶叶来改善生活。但他们从不猎杀被村民们称为"黑白熊"的大熊猫，虽然这种动物密林里有很多。相传遇见了黑白相间的黑白熊就不吉利，躲都来不及，更不要说猎杀了。

大山把彭加干从白净的山外少年，变成了皮肤黑亮、个子高大的山里汉子。他娶了村里最漂亮的姑娘，养育了一儿一女，与大山有了更深的缘分。长期在山里跑，彭加干成了卧龙有名的"活地图"，森林里的地形地貌、飞瀑流泉，动物在哪里喝水、在哪里睡觉，哪里有什么治病的草药，他再熟悉不过了。后来卧龙成立了自然保护区，他放下猎枪，加入了保护森林和动物的队伍中，开始了另外一种生活。

"不打动物了，生活怎么办？"笔直修长的红桦树下，张和民问。虽然刚来不久，但卧龙的地质特点他还是了解的，村民们居住在高山河谷地带，土地贫瘠，如果不精打细算，土里根本就刨不出几个食来。

彭加干说："保护区成立后，好多人都加入进来，可以挣工分。那时候，大队还养绵羊，总体来说，生活还算将就过得去。"

彭加干还说，让他更没想到的是，原以为"活地图"的本领很难再用上了，结果竟然派上了大用场。

什么大用场？

彭加干用手指向山坡下错落有致的帐篷群，笑着答道："建'五一棚'，我是最早参与了的。我还是胡老师（胡锦矗）野外调查的向导呢！"

夕阳余晖下，山风吹过，大片的红桦树皮如巨大的红色蝉翼发着油亮的光，把彭加干的记忆拉回到九年前。

当年，作为胡锦矗调查队的向导，彭加干带领他们在沟壑纵横的密林中穿梭，调查清楚了卧龙区域野生大熊猫的分布数量。原以为，就是一次普通的向导工作，没想到几年后胡教授又回来找到了他。

那是1978年，农历新年过去没多久，彭加干所在的卧龙关村被大雪覆盖。穿上山里特制的羊皮背心也还觉得冷。一大早，彭加干就打开大门，在细碎纷扬的雪花里翘首以盼。就在昨天，他接到通知，回到四川南充的胡锦矗又到卧龙了，并且今天要和卧龙保护区的周守德一起来找他当向导。

他估摸着胡锦矗又要上山找大熊猫，思忖着冬天熊猫都在哪里活动。远远的两个人终于出现，打头的是40多岁的胡锦矗，跟在他身后的是20多岁、刚到卧龙工作不久的周守德。十几里的路程，山区交通不便，全靠双腿走路，再加上刮着风雪，两个人走了一个多小时才与彭加干会合。

　　三个人顺着河谷往上爬，到了有名的牛头山，又翻过一道又一道山梁。交谈中彭加干才知道，胡教授这次不是来寻找大熊猫的，他是要找一个地方建观察站，以后定居这里长期跟踪大熊猫。

　　胡锦矗说，营地的搭建要满足几个条件：要在大熊猫生活的密集区域；要有足够宽阔、平坦的地面；要有充足的水源……一直寻找到下午三四点钟，在一片红桦林边的平地上，胡锦矗停了下来，仔细观察一番后，决定把此处作为观察站的营地。由于时值冬季，温度低，凝结成冰的水分如强力胶，将土壤里的岩石、泥沙、枯枝等都粘连到一起，形成季节性冻土，像花岗岩一样坚硬。只有等到三月开春，冰消雪融，气温回升，水汽蒸发，土壤再度变得柔软，当人们春耕播种时，才能修建营地。

大事既定，三个人才觉察到肚子早就唱响了"空城计"。三个人默契地拾来几根朽木，撕下油脂含量高的红桦树皮，点燃，很快生了一堆火。彭加干取出自家烙的玉米饼子放进火堆加热。火苗蹦起老高，映红了他长年累月在山里劳作的脸。朽木裹挟着潮气直往眼睛里钻，呛得他的脸通红。

这时候，围坐在火堆旁的三个人才有时间，叙一叙家常。

不知怎么就说到了彭加十曾经的猎人经历，说到彭加干能单挑牛角锋利的野牛，又说到他是最早向政府交出猎枪的……

"这转变多大呀！"周守德拍着玉米饼子上的柴火灰，问彭加干："现在不打猎了，心里会不会发痒？"

彭加干摇了摇头，用树枝拨弄火堆里的木炭，扒出烤成金黄色的玉米饼子，吹去浮灰，慢悠悠地说："动物都是有灵性的，很多时候也是下不去手。现在能不依靠打猎维持生计那是最好的了。"

长期研究动物的胡锦矗指着身后的山峦说："这座

山为啥叫牛头山，传说是很久以前，有一头野牛，就是我们说的羚牛，被猎套套住了，一群牛围成圈保护着它，最终因它不能挣脱，活活饿死。"

"它们的灵性让大家震撼了。村里的老阿爸说，这是山神在护佑这里的生灵。后来，人们把那只死去的牛的牛头放在这座山上，这就是今天牛头山的来历。"彭加干紧跟着胡锦矗讲完了这个故事。

"以后应该不会有这样的事发生了。"周守德咬了一口甜香的饼子，又抓了一把雪塞进嘴巴，咀嚼着，望向平台下的林子，不再说话。

几个月后，在他们生火的地方，紧靠几棵红桦树，用铁锹平土，再向土里打桩……两顶白色的帐篷，作为卧室兼工作室；一个木板棚，作为伙房。就这样，可供六七个人住宿的简易营地就搭建好了。

营地有了，起个什么名字好呢？

胡锦矗说："我们的营地与泉水坑之间修了51级台阶，大家也习惯将帐篷叫作'棚'，那么我们的观察站就叫'五一棚'吧！"

"五一棚的名字就是这样来的，"彭加干笑眯眯地对张和民说，"那时刚建成的观测站只有六个人，人手一把锃亮的砍刀，在有野生大熊猫活动痕迹的竹林里，边走边砍。六把砍刀在密林里砍出了十几条狭长的小路，这种小路被称为监测样线。监测人员将通过它，走进野生大熊猫神秘的世界。跟踪监测大熊猫的工作就这样开始了。当然了，我就是其中的一个。"

原来五一棚是这样来的，原来自己到野外寻找大熊猫时被称为"监测样线"的小路，是砍柴刀砍出来的。只是刚来没几天，别说大熊猫，就连它的一根毛也没见着。张和民的心里有些失落。

"如果跟踪的效率能够提高一点就更好了。有时，信号听起来，熊猫似乎就在你的身边活动，但跑断了腿也见不到。唉！"张和民说着叹了一口气："这样又怎么能做深入的研究呢？"

"实际上，越自然的越好！不过，要想更直观地观察，我们还有救助回来的野生大熊猫。"彭加干扬了扬手，说："山那边……有好几只哩。"

"你是说，英雄沟的饲养场？"张和民猛然想起，他曾听胡锦矗说过，监测组的工作内容包括野外跟踪、监测和在英雄沟的饲养场饲养大熊猫，这两个工作需要轮换着做，既能让大家更加深入地了解大熊猫的生活习性，又能调剂一下野外跟踪、监测的辛苦。

彭加干点了点头，说："那边的原始森林里，有两排红旗森工局的房子，是五几年伐木工人住的。后来，老田，就是我们监测组的田致祥，写了一封信，呼吁停止森林砍伐。森工局搬走后，就改成熊猫饲养场了。"

20世纪80年代初的"五一棚"

"森林里还有房子？这里的森林也经历过砍伐？"张和民有些好奇，"我还以为英雄沟的饲养场，是人住帐篷，熊猫露天养的呢。"

"你去看看就知道了。"彭加干卖了个关子。

几天后，张和民终于轮换到了英雄沟的饲养场。

在与五一棚毗邻的山谷里，绿树掩映下，只见两排瓦房一前一后十分醒目。蓝色屋檐的一排瓦房用来饲养抢救回来的大熊猫，黄色屋檐的另一排瓦房供饲养人员居住。这就是彭家干说的两排房子，它曾是红旗森工局伐木的大本营。随着一根根树木倒下，原来人们容易见到的大熊猫变得很难见到，在营林处工作的田致祥忧心再这样下去，大熊猫最终将无家可归，就提笔给中央写了一封信，引起了重视。政府作出了停止砍伐、保护大熊猫栖息地的决定。红旗森工局搬走后，两排房子便闲置了下来。1979年，人们将其粉刷一新，不久以后，8只从野外救护回来的病残大熊猫入住英雄沟饲养场，全世界最早的大熊猫饲养场就从这里诞生了。

终于见到了野生大熊猫，张和民很兴奋。他为它们送去竹子、竹笋、米面，还常常在圈舍外观察它们，细心做好记录。这时的他深深体会到，英雄沟饲养场与五一棚观测站就像互相帮助的两兄弟，五一棚将收

20世纪90年代的"五一棚"

集到的大熊猫喜欢吃什么、喜欢玩什么的信息传递给英雄沟，而英雄沟则将大熊猫会生什么病，会在什么时间段表现活跃等信息提供给五一棚。

只是这里的圈舍实在有些狭小，听说有些大熊猫趁人不备就会跑出笼舍。毕竟，大熊猫是在山野林间生活的动物，自由惯了。有些大熊猫病重，需要紧急做手术，但距离山外实在太远，为此贻误了最好的治疗时机。要是有一天能够给这些生病的大熊猫提供更好的条件，让它们住得舒服一些，生病后能得到及时救治，那就太好了。张和民常常这样想。

chapter 2

第二章 『铲屎官』密林奇遇

你停它也停，你跑它就追！被大熊猫逼至悬崖无路可退是一种什么样的无奈和恐惧？从800万年时光隧道里走来的大熊猫，的确是猛兽啊！

PANDA

"哟，还冒着热气！"刚钻出细密的冷箭竹林，眼尖的田致祥就发现了几个深绿色的粪便，拿在手里还有暖乎乎的温度："估计它刚刚在这儿活动。"

　　张和民赶紧递上尺子，从粪便的长度和未消化完全的竹竿竹叶的长度，可以判断出大熊猫的年龄。这是胡锦矗在第一次大熊猫调查期间总结出来的工作方法。而今，监测组人人都会用了。

　　"真像织布的纺锤！"张和民一边记录数据，一边仔细观察被一层薄薄的黏液包裹起来的熊猫粪便，嗅了嗅，说道："有股竹子的清香味，消化不错。身体应该很健康！"

　　"对！这应该是只壮年大熊猫。"田致祥说，"差一点儿就可以一睹真容，也不知道它是公是母。我们带好接收机，一会儿仔细听听，看看它下一站会跑到哪里……"

话音还未落，一阵剧烈的竹林摇晃声把两人吓了一跳！"快趴下！"田致祥一声大喊。两个人顺势倒在地上，原以为庞然大物马上会冲出来，结果半天也不见动静。

"肯定是刚才拉屎的那位，唉！又错过了。"张和民一边拍打身上的枯枝败叶，一边表达着遗憾。

田致祥说："熊猫嗅觉、听觉相当灵敏，钻林子的本事又大，我们是跑不过它的。"他指了指面前那些密不透风、还不及一个人高的竹林，说："也只有熊猫圆滚滚的身材才能钻得出去，我们今天能捡到这热腾腾的熊猫粪便，运气也是不错啊，刚才就当是爱咬竹根的竹鼠在兴风作浪吧。"

田致祥是保护区最早的工作人员，就是他写信给中央，反映当时人们砍伐森林让大熊猫无处可去。五一棚监测站刚成立，他就跟随胡锦矗开展大熊猫跟踪、监测，至今已经有丰富的工作经验了。

见张和民还是一脸遗憾，田致祥拍了拍身上的无线电接收机，说："我们不是还有这个嘛，走，爬上最高的点位，我们看它又会跑到哪里去。"

1980年，我国与世界野生动物基金会（WWF）合作，引进了当时很先进的无线电动物跟踪监测设备和技术，进一步开展大熊猫跟踪监测。随之而来的，还有以著名的动物学家乔治·夏勒博士为代表的外国专家。

皮带、无线电发报机、电池，以及接收机和天线组成的无线电颈圈，是专门用来对野生动物进行跟踪监测的。定位跟踪器及电池固定在坚韧的皮带上，再把皮带戴在大熊猫的脖子上，绕颈一圈。人们只需要拿着无线电接收机，打开频段，调整天线，就能发现大熊猫活动的大概方位，并能判断其活动情况，比如当时是在休息，还是在吃竹子，抑或是在移动。随后，监测人员根据大熊猫的活动方位，可以近距离观察它的采食，测量它的粪便，掌握它的身体健康状况。

资深猎人彭加干"重操旧业"，在茂密的竹林里砍出了一块空地，将木笼子放在正中，笼门高高吊起来。再将热气腾腾、香喷喷的烤羊肉和羊排放置笼中。

人悄悄离开，伺机观察。不久后，垂涎美味的野生大熊猫走进了木笼子，触发机关，待悬挂在大树上的笼门掉落，大熊猫再惊觉时，已然成为困兽。早已准备好的兽医将吹筒一吹，麻醉针就落到大熊猫的身上。待大熊猫从沉睡中苏醒，无线电颈圈就成了它的忠实"伴侣"。若没有特殊情况，一年之后，颈圈将自动脱落，不会对它造成伤害。

珍珍、憨憨、威威……五一棚先后有10只野生大熊猫通过无线电颈圈定位的方式被人们跟踪、监测。

虽然张和民没有亲眼见到为野生大熊猫戴上颈圈的场景，但在胡锦矗和田致祥等人的帮助下，他很快就能熟练运用无线电接收机跟踪大熊猫，判断野生大熊猫的活动方位和频率。

五一棚虽远在深山，但大家来自五湖四海，语言交流难免出现障碍。国内专家倒还好，国外来的专家交流起来就困难了。相互之间的语言不通，再加上间杂的方言，常常把翻译累得够呛。

不过，似乎也有很多乐趣。

晚上大家都回到营地的时候，乔治·夏勒博士用中文说他的孩子不见了。这个消息把大家吓了一跳，孩子不见了是多么大的一件事情。大家七嘴八舌地出主意，赶紧联系亲戚寻找孩子吧！但夏勒博士似乎并不太着急。后来一想，这荒郊野外的，打个电话和取信件都要到山下的管理局，夏勒博士是怎么知道孩子丢了的呢？几番比画后，原来是他晾晒的鞋子不见了。四川话中"鞋"的读音同"孩"，夏勒博士见人们经常把鞋子念为"孩子"，不知不觉就学会了。

还有一次，是夏勒的夫人凯依，她在监测样线上大喊："豹子！豹子！"大家还以为凶猛的豹子跑出来了，那还得了，抄上家伙要去打豹子。结果，是凯依让大家给她拿两个包子。

…………

语言如果不通，就不能有效交流。为了表达自己对监测工作的一些看法，学习更多监测知识，张和民开始刻苦学习英语，岩石上、树干上、灶台上、桦树皮上……只要有闲暇，他就会把英语单词默写出来，加强记忆。不久后，他就能和夏勒博士探讨一些问题了。

张和民学习英语的劲头也带动了许多人，五一棚刮起了一股"学英语风"，好多人都开始听单词、背单词、练发音。一同分配来的大学生中，周小平就是其中一个。每个月发了工资，他首先就要去买一本学习英语的书籍。

　　时间在忙碌中过去，没想到的一件事发生了——跟踪大熊猫的张和民反而被大熊猫跟踪了。

　　一天傍晚，一只大约十七八岁的大熊猫尾随他到了五一棚。平时，为了跟踪、监测大熊猫，他爬高山、钻密林，很难见到大熊猫的身影，这下却主动跑来了一只，大家乐呵呵地搬出厨房里的稀饭让它喝了个够。原以为，这只不请自来的大熊猫吃饱喝足以后就走了，哪知第二天它又来了。它那圆圆的脸蛋，不怕人还亲近人的神态，让大家欣喜若狂，又搬出稀饭喂它，这次的稀饭还加了白糖。有好吃的，还有友好的人类，这比在野外千辛万苦寻找食物，有时还要遭受年轻大熊猫的驱赶，简直好太多了。于是，这只大熊猫干脆就不走了。不仅如此，它还索性住进了张和民的帐篷，在他的床上睡觉……张和民为这只大熊猫起名为"贝贝"，意为"大家的宝贝"。后来，由于研究工作的需要，人们把它送到了几十公里远的森林里。从此以后，人们再也没有见过它。

大概是张和民喜欢大熊猫的消息在森林里的熊猫界一传十、十传百，不久后，他又被一只大熊猫尾随了。2月，山林里铺满了厚厚的雪，杜鹃花的叶子因为

温度低变成了卷曲状。张和民和同伴顾不上天气寒冷，在海拔3 200米的观测点对大熊猫进行着72小时不间断监测。他们带了一锅米饭和几个馒头作为三四天的食物，并在树上搭起了吊脚帐篷。凌晨一点，同伴在吊脚帐篷的睡袋里进入了甜美的梦乡。突然，"嘟……嘟……嘟"，张和民手中的无线电接收机发出越来越强的信号声。显然，一只带着无线电颈圈的大熊猫正向他们走来。张和民抑制不住内心的激动，摇醒了同伴……没多久，一只身材健壮的大熊猫出现在了林子里。在白雪的映照下，张和民看到了它脖子上的无线电颈圈。只见这只气宇轩昂的大熊猫来到了树下，敏捷地掀开了张和民他们放在树下的盛着饭的饭锅锅盖，迅速地叼起饭锅，走到十几米远的地方坐了下来，好一阵狼吞虎咽。不一会儿，两个人两天的口粮就被它一扫而光。原来，冬天，厚厚的积雪压在竹林上，大熊猫要费很大的劲才能掏出竹子吃，且竹子也没有米饭来得美味。看着它离去的背影，两个人轻声说："慢走，明天再来！"但忽然意识到自己都没有吃的了，明天如果它再来，又拿什么来招待它呢？果然，没有了美味的吸引，第二天，任凭两人望眼欲穿，也没获取到它要来的讯息。不过，根据监测，它没来的原因，在于一锅米饭给它提供了足够的能量，让它在窝里睡了一整天。后来，两个人把这奇遇讲给同事们听，同事们流露出羡慕的眼神。但听说两个人饿着肚子坚持了两天之后，说："你俩真傻呀，它吃的时候你们发出些声音不就把它赶走了？"张和民回答："谁又舍得赶它走呢？"

通过持续监测，人们基本掌握了大熊猫居住环境、活动范围、采食、繁育下一代等生态习性，有了许多新发现。这些发现，都应用到了英雄沟救护回来的大熊猫的饲养上。但大熊猫的疾病防控和治疗一直以来都是空白。恰巧，英雄沟饲养场里的熊猫都是野外救护回来的老弱病残。当过赤脚医生又是兽医专业毕业的汤纯香一心想要为它们解除病痛。

这几天，大熊猫兴兴食欲不佳。兽医们综合判断后认为它是生病了。肠梗阻？肠炎？胃炎？具体什么病还不能根据表象得出结论。大家决定先麻醉了再说。可是谁来麻醉呢？就只有学兽医的汤纯香了。

拿起吹针，注入适量的麻药，放入一尺来长的吹筒，用力一吹，中了麻醉枪的兴兴在圈舍里摇头晃脑地走了几十秒钟，就软绵绵地躺下去了。看那样子，就像人喝醉了酒。汤纯香一边打开圈舍的门，一边想着：看来麻药的量是够的，兴兴的体重大概有两百七八十斤，以后这种体型的大熊猫大概就需要这样的剂量。随着"吱呀"的响声，兴兴仿佛原地待命的运动员听到了号令枪，已经"睡着"的它居然蹦了起来，真是以迅雷不及掩耳的速度，冲出了门。吓得汤纯香拔腿就跑。兴兴则追着他跑……

动物凶猛！更何况大熊猫还有"食铁兽"的别名，要被它抓到，那可就太惨了！汤纯香一路狂奔，爬坡上坎，穿过满是荆棘的灌木林，跑过落满枯叶的乔木林……他感觉自己快要吃不消了。但是，猛兽在后，倘若不跑，凶多吉少。

噼啪、咔嚓，被踩断的枯树枝、拐棍竹被折断的响声不时在身后不远处响起。

"呼……呼呼……"嘴里呼出的白气都快在阴郁的林子里形成一小团白雾了。那家伙还在不紧不慢地跟着。

糟糕！前面又是一个斜坡。汤纯香的心里涌出几分绝望。心想着，估计等自己费尽力气冲上去，兴兴也就追上来了，说不定那锋利的牙齿就会咬在自己的腿上，甚至屁股上。要不了多久，自己的血肉、筋脉和骨头，就会被撕咬得零零碎碎。管它的，生死一搏！他后背冒着冷汗，用力往上冲。

待到他爬上山坡气喘吁吁、下意识往回看时，稍稍松了一口气，那大熊猫居然在斜坡下停住了脚步。难道它爬不上来？汤纯香有些困惑。

"哎呀，兴兴，你别追了，投降，我投降。"汤纯香双手撑住腰，对斜坡下的大熊猫说。

兴兴歪着脑袋，神情狡黠。

突然，林子里传来了人声，原本还很淡定的兴兴三两步就迈上了小斜坡，距离汤纯香越来越近。

妈呀！汤纯香暗叫不好，又是一阵狂奔。

兴兴哪里是爬不上这斜坡，它分明就是玩性大发，把汤纯香当玩具了。

跑啊跑，山风在耳边呼啸。爬不上山坡，就往下跑，跑到饲养场，人多了，就不怕了。可惜，还没等跑到饲养场呢，一道悬崖就横亘在了面前。无路可退，他连犹豫都来不及，闭着眼睛就跳了下去。此时，兴兴才停住了脚步。

躺在灌木丛和藤蔓编织成的天然"大网"里，他慌张地一抬头，看到兴兴就站在悬崖边上摇头晃脑，一副幸灾乐祸的样子。汤纯香仿佛感受到了它的顽皮和不满："哼！谁叫你给我打针的？"

等兴兴消失在悬崖边，汤纯香紧绷的神经松了下来，这才发现自己的小腿一阵剧痛，手一摸，全是血。

"这家伙，真是太调皮了。"汤纯香对前来施救的人们说。他心里知道，倘若兴兴要对他下"手"的话，他估计是在劫难逃。要知道，大熊猫的行走、奔跑和爬树的速度是很快的。人根本不是它的对手。

或许，它还是记情的。

汤纯香曾学过中医，大学毕业后，虽然学的兽医专业没有开设中医课程，但他还是想把中医发扬光大。特别是毕业后就到英雄沟与老弱病残的几只大熊猫接触后，汤纯香就用中医的方子结合西医的疗法为它们治病。

中药一般味道特别，汤纯香配制的药，大熊猫闻一闻就走开了，更不要说服用了。兴兴就是这样。当汤纯香把药端到它嘴边，让它喝的时候，它很反感，把沾满草叶的屁股对着汤纯香，一副"我生气了、不理你"的样子。

为了让兴兴吃药，汤纯香把中药做成糖丸，喂给兴兴吃。这招果然灵验，兴兴乖乖吃药，病很快就好了。

其实，不管是跟踪监测大熊猫还是饲养大熊猫，早期都十分艰辛。特别是大熊猫野外跟踪监测的工作，一天24小时连续不断的跟踪监测，每个监测人员每天都要走二三十里的山路，紧跟在野生大熊猫的后面，生怕跟丢了。

山里潮湿阴冷，不仅居住和生活条件艰苦，被朽木、飞石砸中，被蚂蟥、蜱虫叮咬等危险和伤害司空见惯，还要面对随时可能发生的被牛羚、豹猫、豺狼等野生动物追赶的危险。牛羚是大熊猫的伴生物种，在卧龙分布广泛，而五一棚附近的臭水泉眼，可以说是牛羚聚居的"老窝"。距离五一棚不远的一个小峡谷，有一口泉眼长年喷出类似白色"岩浆"的含盐的矿物质。这白色的矿物质，吸引了周边的牛羚和水鹿等草食动物前往觅食，以补充身体所需的盐分。每到端午和中秋，这里总是聚集了大批的牛羚和水鹿。水鹿性情温顺，不攻击人。可牛羚就不一样了。

卧龙有句民谚，群牛不可怕，独牛最可怕。牛羚长着金黄色的被毛，锋利的角，重达六七百斤，生性好斗，群居。所谓"独牛"，是指单独活动的牛羚。这种牛往往是因为在争夺首领地位时落败，并被赶出群体的。曾有多例村民被独牛用角挑死的事件发生。一年秋天，当时国家林业部到五一棚锻炼的张志忠，在完成跟踪监测任务往回走的时候，偶遇一只牛羚疯狂追赶，最后也是跳到悬崖下，才算救得一命。

除了被野牛追赶的危险，还有因迷路带来的恐惧。1984年邛崃山系的竹子开花，为了调查灾情，大学生王鹏彦和苏杰光，前往距离五一棚不远的中岗地带。结果两个人在大山里迷了路，200多人连续上山搜寻无果。就在大家为两人性命担忧的时候，他们从相隔几十公里外的另外一个方向回来了。原来，他们因为林间突然弥漫的雾气阻挡了视线，最后靠脱衣生火，寻找野果子充饥的方式度过了艰难的两天一夜。后来，急中生智的两人，沿着河水下游的方向走，一直走到卧龙山另一边的三江（地名）才得以脱险获救。

早期，发生在大山里、密林间的大熊猫监测和饲养的故事，还有很多。20世纪80年代中后期，胡锦矗、夏勒等相继出版了《卧龙的大熊猫》《最后的大熊猫》等书籍，首次向全世界展示了大熊猫这种独居、隐居的古老物种的生态习性，揭开了蒙在大熊猫头上的神秘面纱，为后来我国乃至全世界大熊猫的保护研究开了先河。时光流转，今天，我们已经步入了大熊猫保护的黄金时代。回首过去，可以说，没有五一棚的监测，没有英雄沟的饲养工作，就没有大熊猫保护事业的今天。如今，创建五一棚的胡锦矗教授，已经仙逝。像张和民一样，师从胡锦矗，曾经在五一棚跟踪监测过大熊猫的大学生们，如今也是年过半百，他们在胡锦矗的培养、带领下，一直奋战在大熊猫保护研究的各个前沿阵地，并且正在以不菲的研究成果影响着一代又一代大熊猫保护工作者。

1983年底，在十几公里外的卧龙皮条河岸，落满了野生核桃的核桃坪，配套着明亮的实验室和先进的仪器设备的大熊猫饲养场落成。1984年，五一棚和英雄沟的人们，陆续带着基础研究结出的果实，开启了新的征程——他们要人工圈养、繁殖大熊猫，并将这些大熊猫通过野化培训的方式，放归大自然，让数量稀少的野生大熊猫种群逐渐壮大，最终摆脱濒临灭绝的危险。那时，受竹子开花的影响，卧龙的野生大熊猫不足100只，全国大熊猫的总数1 100只。

张和民的愿望实现了。

chapter 3

第三章 梅花灯的「诅咒」

梅花灯的"梅"通"没"。那些失去了在森林里继续生存本领的大熊猫,它们就真的没有可能延续后代了吗?

PANDA

核桃坪的大熊猫中心真漂亮啊！

过一座架设在河面的大石桥，顺着蜿蜒的水泥路面，就走进了依河岸而建的大熊猫圈舍和运动场。打开实验室天蓝色的木质大门，张和民就有了立即要进行实验和数据分析的冲动……特别是夜幕降临，石桥上绿色灯杆、白色灯座，形如一朵朵梅花的路灯，照亮了大熊猫科研人员夜归的路。

开足马力，目的很明确，就是要让那些从野外救护回来的大熊猫们在饲养场里成功婚配，繁育后代。从英雄沟转运回来的大熊猫有雄有雌，听起来，要在饲养场繁育大熊猫根本不存在困难，只需要等到春天熊猫们发情婚配就行了。

春天很快来临。3月，留守在五一棚观测站的监测人员，已经能听到漫山遍野熊猫发情时发出的特有的吼声，也能看到有雄性大熊猫尾随雌性大熊猫乞求婚配，但饲养场里的熊猫们却没有半点反应。人们耐心地等待着，转眼就到了5月底，山里大熊猫发情的吼声早已偃旗息鼓，人们寄予很大希望的圈养的壮年大熊猫仍然没有发情。

是营养不够好吗？不！鲜嫩的竹笋，新鲜的竹子……相比野外大熊猫，它们衣食无忧。难道是生活环境发生了改变？让它们思念家乡，心情抑郁，影响了发情……张和民驻足在大熊猫圈舍外，反复思索：到底是哪一个环节出现了问题？

尽管失望笼罩在核桃坪的上空，但这并不妨碍人们对大熊猫的爱，尤其是那些新分配来的大学生们。

这一天的午后，平静的饲养场突然传来杂乱的吵闹声，新来的女大学生小彭被大熊猫咬了。

话说能成为大熊猫饲养员，是很让人艳羡的。有一只很温顺的、从野外抢救回来的大熊猫，特别依赖饲养员。这位饲养员带着它上下班，也可以说是对它进行24小时的照顾和看护。在饲养场的时候，这只大熊猫就紧紧跟在饲养员的身后，下班回到河对岸的宿舍，大熊猫就和饲养员一起喝稀饭。当时，无论是国际还是国内，大熊猫所到之处，万人空巷，只是为了一睹大熊猫的风姿。而能做大熊猫的饲养工作，还能让其伴随左右，这样的情形，让许多饲养员羡慕不已。

小彭做梦都想像这位饲养员一样，养一只大熊猫"萌宠"。

机会终于来了，小彭将要代表大熊猫保护研究中心外出参加一个关于大熊猫的会议。为了了解大熊猫的生态、生理习性，这位秀气的姑娘，终于有机会接近大熊猫。然而，兴冲冲想要与大熊猫亲密接触的她，受到了攻击，胳膊上、大腿上，被咬得血肉模糊。

实际上，跟人类和其他许多物种一样，每只大熊猫的性情都是有区别的，只是不同的饲养员遇到的大熊猫的脾气不同而已。新来的一位叫韩洪应的饲养员，也幸运地遇到了一只性格温顺、喜欢和人接触的大熊猫。他每天清扫圈舍，把大熊猫吃下的竹子残渣和拉出的粪便集中到木头架子的"板板车"上，然后由这只大熊猫推着倒在河边指定的垃圾场，再把空的"板板车"给推回来。韩洪应能饲养到一只这样的大熊猫，惹得大家好一阵羡慕。

对此，张和民似乎清醒得多，与大熊猫接触时间越长，他认为，圈养大熊猫不能走饲养"萌宠"的路，保留大熊猫的野性更为重要。或许，这也是影响大熊猫能否正常繁育后代的原因之一。

值得高兴的是，经过两年的努力，1986年，一对大熊猫成功交配。不久后，"唧……唧……"饲养场里响起了清脆又洪亮的啼叫声。一个小小的粉红色的家伙，从一只大熊猫的身体里掉落到地上，把大熊猫妈妈和正在观察的科研人员吓了一跳。这就是轰动世界的、第一只人工饲养条件下繁育的大熊猫幼仔。

全世界的目光齐刷刷地聚焦到了深山坳里的核桃坪，当时的英国菲利普亲王亲自前来为其命名为"蓝天"。人们为这只来之不易的大熊猫宝宝送上了最真挚的祝福，但奈何人工饲养条件有限，大熊猫疾病防治方面的研究还不够成熟，在蓝天两岁半时，这只承载了科研人员太多心血的大熊猫宝宝，患出血性肠炎而死亡。

从刚到卧龙时的满腔热情，到初尝成功的喜悦，再到眼睁睁看着幼仔死亡，张和民的心里有说不出的难受。大熊猫保护研究未来的路该怎么走？看着饲养场对岸高耸入云的山峰，如同横亘在大熊猫饲养繁殖研究上的一座大山。张和民问自己，他能攀上那座高峰，拨得云开见月明吗？

1987年，带着能够成功繁育大熊猫的愿望和憧憬，张和民前往美国爱达荷大学留学，攻读野生动植物保护专业。毕业前夕，导师带着他去了美国黄石公园，在那里，他第一次领略到了人、动物与自然和谐相处的美好。他心里想着，要是大熊猫也像黄石公园里的动物一样，自由自在地生活在大自然里，没有濒临灭绝之忧，那该有多好！导师说，如果留在美国，他和妻子不仅能获得定居美国的绿卡，他还能学习到世界上最先进的动物研究技术。

1989年，谢绝导师的挽留，张和民回到了依然冷清、依然没有繁育出一只熊猫幼仔的卧龙。彼时的卧龙，中外专家纷纷撤离，之前分配来的100多名大学生，只留下6名。原本让很多人痴迷的研究工作，已变得不再有吸引力。

核桃坪的天气多变，忽而阴雨连绵，忽而又是晴空万里。但无论是天晴下雨，似乎总有一片乌云遮盖在饲养场的上空。

据说，有一天，一个饲养员经过连接河岸的石桥，在路灯下驻足看了半天，随后指着白色的梅花形状的灯罩，半开玩笑地说这灯不好，因为，"梅"的读音通"没"和倒霉的"霉"，熊猫们都被梅花灯给"诅咒"了。饲养场的熊猫要生，要养活，得把路灯给拆了、换了。

梅花灯当然没有被拆换，科学的世界里没有"诅咒"之说！回国的张和民立志攻关。他组建了科研团队，承担了攻克大熊猫繁育发情难、配种受孕难、育幼成活难"三大难关"的科研攻关计划。

为什么到了该发情婚配的季节，五一棚的野外都能听到大熊猫争夺配偶的打斗声了，饲养场里的大熊猫们还那么安静呢？大熊猫不发情，就意味着不能婚配，不能婚配当然繁育不出后代……

大熊猫为什么不发情？有可能是饲养员的爱心不够，给予的营养不够，让大熊猫身体不好、不开心，如此还有什么心思去谈恋爱呢？还有一种情况，那就是大熊猫身体里的激素条件不够。把种种的可能罗列在纸上，尝试多种方法"并驾齐驱"。蒸制由黄豆粉、玉米粉、大米粉、鸡蛋、竹子粉等混合而成的窝窝头，保证熊猫们的营养供给。发明外源激素，诱导熊猫发情……当听着大熊猫发出的"咩咩咩"叫声，还有频繁走动、抬尾等明显的发情行为，科研人员乐坏了，大熊猫终于发情了！

然而，发情难解决了，有些大熊猫却不懂得怎么婚配。当把两只一雌一雄的大熊猫放到一个圈舍里的时候，它们非但不相亲相爱，反而大打出手，一桩美好姻缘在"血肉横飞"中结束。彻底傻眼的科研人员反复思索、揣摩，猜想是不是它们根本不懂什么是婚配。他们不得不搬来录像机，让参与繁育的大熊猫们观看婚配画面。为了让婚配更为直观，他们还让其他大熊猫现场观摩。

终于，成功婚配并受孕的大熊猫妈妈产下了宝宝。张和民开心极了！然而，有的大熊猫妈妈居然被自己生下的孩子吓得团团转。一不小心，不是一巴掌把自己的宝宝给拍死，就是一屁股给坐死了。张和民为此扼腕叹息，心都要被撕裂了。还有的大熊猫妈妈一胎生下两仔，其中一只嗷嗷待哺。无论这只落单的熊猫宝宝如何哭喊，熊猫妈妈都视而不见，一心只顾着怀里的孩子，眼睁睁看着它冻死，饿死。

为了帮助被遗弃的幼仔，张和民决定人工哺育，这就是最早的人工育幼。——尝试用牛奶、羊奶、狗奶……虽然办法想尽，但无论怎样都养不活熊猫幼仔。让张和民特别痛苦的是在1997年，饲养场里的三个大熊猫妈妈都生了双胞胎，结果一个也没有活下来。他就那样眼睁睁看着熊猫宝宝活蹦乱跳地出生了，然后越来越虚弱。

张和民请来中国最早繁育大熊猫宝宝并成功的北京动物园的刘老师，对大家进行指导。已经退休了的老先生天天待在育幼室里，没日没夜地和大家一起养育幼仔，直到1998年，采取用母乳喂养的方式，才养活了一只。这只宝贵的大熊猫被人们取名为"公主"，它不仅是我国人工育幼成活的第一只大熊猫，更是张和民和全体科研人员放在心尖尖上的宝贝。从出生到长大，大家在它的身上倾注了大量的心血，它也不负所望，哺育了很多后代。

20世纪90年代初期到核桃坪工作的张贵权和魏荣平，如今早已经是大熊猫育幼方面的专家。他们说，人工育幼之所以后来能够取得成功，要感谢一只叫作唐唐的大熊猫，是它接受人工采乳，并示范带仔，教会了人们怎样帮助大熊猫哺育幼仔。

唐唐是一只极其温顺的大熊猫妈妈，哪怕是产下了幼仔，它对科研人员也鲜有攻击性。这让魏荣平、张贵权等科研人员得以走近采奶，仔细观察它的带仔方式，测试出了幼仔生存最适宜的温度。这些采出的大熊猫的初乳和后来的常态母乳，帮助哺育成活了唐唐自己的幼仔，以及其他大熊猫妈妈不带的幼仔。也是从唐唐开始训练，他们慢慢培训出了好几只可以采集母乳的熊猫妈妈。后来，还摸索出了换走母亲怀里幼仔的方法。

张贵权、魏荣平常常蹲守在大熊猫妈妈的圈舍前或者监控屏幕前，观察其每天喂几次奶。为了测定幼仔喝母乳的温度，他们还想了很多办法，冒了许多的险，才取得了成功。

大熊猫是最好的老师！从大熊猫自身的生态习
性进行观察，最大程度保留和传承其家族的野性，
这将是实现人工圈养种群复壮野生种群的一条必经
之路。

一个阳光灿烂的午后，张和民拿着一根驯兽棍指
导从野外抢救回来的大熊猫英英练习爬树。在野外，
这样的本领，通常由熊猫妈妈教授给熊猫幼仔。几次

三番下来，原本还很配合的英英突然变得不耐烦了，发起了小孩脾气，转过头抱住张和民的小腿紧紧咬住不松口。张和民一边忍着钻心的疼痛，一边轻轻抚摸着它的脑袋轻声安慰，英英才终于松了口。鲜血浸透了鞋袜，为此，张和民不得不住院3个月。他笑称："其实我俩感情很好，自己的孩子，口下是留了情的。不然，按照大熊猫与生俱来的咬合力，我这条腿都会废的。"

2000年，随着千禧年的钟声敲响，熊猫中心攻克了困扰全世界的大熊猫人工繁育"三大难关"，全世界为之轰动！

随着大熊猫产仔每年都在10只以上，成活率总是90%以上，涌动在核桃坪上空的那朵乌云终于散去。饲养场也有了一个好听的名字——熊猫苑。每当夜幕降临，石桥两边的梅花灯依然次第亮起，为晚归的人们照亮回家的路。

第四章 魂归山林

　　硬着心肠不给祥祥窝窝头吃，彻底切断了祥祥与人之间的温情。当祥祥眼神带着敌意，且牙齿深深嵌进刘斌的皮肉里……尽管还鲜血喷涌，疼痛剧烈，但刘斌没有、也不能反抗。

PANDA

七月，雨季来临。大山被笼罩在茫茫雨雾中。

"祥祥，祥祥！"竹林深处，刘斌拢着手喊。雨声淅沥，山水奔涌，他的声音很快消失不见。

"雨声太大，它可能听不见。不过，熊猫的听觉那么灵敏……它是装听不见。"跟在刘斌后面的小何，扶了扶眼镜，接着说道，"这祥祥，刚来的时候只要听到我们的声音，很快就屁颠屁颠地跑出来拥抱我们，现在翅膀硬了，不理我们了。"

"那时它对这里还不熟悉，现在这里的边边角角它都走遍了，如果不是每天还能吃上精细粮食'窝窝头'，估计更不会理我们了。"刘斌一边拨开枝叶交错的竹林，一边往山坡下钻。

"嗯……哼！"山坡下传来了祥祥的声音。

"哈哈哈！在下面，看来还是窝窝头有魅力，不然随便你怎么叫都不会出来的……哎哟！"小何脚下一滑，直接滚下了山坡。

祥祥看着突然滚到脚边的小何，吓得立马又钻进了旁边的林子里。两个人好一阵呼喊，祥祥才跑了过来。

看着皮毛脏污的祥祥，刘斌连忙放下手里的塑料袋，为祥祥拂去一身的枝叶、尘土，又抓了它身上的几条吸血的蚂蟥，让小何对之处以"极刑"。

"敢吸我们祥祥的血，让你死无葬身之地，灰飞烟灭！"小何取出打火机，就地火烧了几根吸血吸得膀肥腰圆的旱蚂蟥。

对祥祥的心疼，刘斌很少用语言表达出来。在学校里学体育教育的他，最擅长的是长跑，他曾连续三年蝉联长跑冠军。

"走，祥祥，我们去称体重。"刘斌拍拍祥祥的脑袋，径直往林子外走。祥祥听话地跟在他后面，还拉了两个绿色的粪便。

小何把它的粪便捡起来，装到塑料袋里，一会儿也要称一称粪便的重量，计算出从昨天到现在，祥祥大概吃了多少食物。

在秤台旁，祥祥自顾自地坐了上去，仰着头望着刘斌，口水滴答往下掉。刘斌笑着把一小块窝窝头塞进了祥祥的嘴里，窝窝头如同泥牛入海，很快消失不见。祥祥显然不满意，跳下秤台，抱住刘斌的腿，仰着头眼巴巴地希望刘斌再给它一块。刘斌把衣兜翻出来，摊开双手，表示没有了，但祥祥依然不依不饶。

"数字记下没？59.8公斤。"刘斌一边逃避祥祥的"熊抱"，一边问小何。

"记下了，记下了。体重又轻了。"小何回答。

一抬头，发现刘斌已经跑远了，祥祥在后面紧追着。

等小何称完拾得的粪便，刘斌又跑回来了。

小何笑道："看来真是长跑冠军，这么快就把祥祥甩掉了？"

刘斌腼腆地笑了笑："粪便多重？"

小何回答："只有3.8公斤。"

"太少了。"刘斌说，"这样下去，恐怕不行。再观察看看吧！"刘斌叹了口气，心想，祥祥从山下的饲养场来到这里已经两个多月了，它还没有完全戒掉对窝窝头的依赖。

随着三大难关的攻克，人工繁育大熊猫已经不再是难题。看着饲养场的熊猫越来越多，张和民的心里有了一个大胆的想法，他要做一个试验。

人们在核桃坪的后山上，用钢丝围出了一个足球场大小的野化培训场。培训场里，古树参天，溪水淙淙，长有大片的拐棍竹，是野生大熊猫的理想居所。

2003年盛夏，当漫山的野核桃树挂上绿色果实的时候，一只胖乎乎、圆滚滚、憨态可掬的圈养大熊猫离开了饲养场，住进了野化培训场。它就是经过千挑万选、全世界第一只参加野化培训放归试验的圈养大熊猫——祥祥。那一年，它刚好2岁。

在野外，野生大熊猫长到2岁左右，妈妈就会驱赶它离开自己，在森林里建立新的领地。即便重逢，妈妈也不会再和它相认。

张和民主导的这个试验，就是依照野生大熊猫的生存规律，对圈养大熊猫开展野化培训。他想，祥祥通过野化培训，慢慢学会了在森林里的生存技能，就可以独立走向野外，过自由自在的、真正的大熊猫的生活。他为祥祥制定了培训计划：现在先适应一个如足球场一般大的野外环境的生活，一年以后，让祥祥到几个足球场大的野外环境里生活。如果顺利，再假以时日，就让祥祥走出有围栏的培训场，直接到大森林里独立生存，融入野生大熊猫种群。

为了让计划顺利进行，张和民组建了一个监测组，每天上山陪伴祥祥。毕竟，祥祥从小在饲养场长大，习惯了衣来伸手、饭来张口的生活，突然走进森林，还是让人放心不下。

培训场外的山坡上，有一座姜黄色的小木屋，是为祥祥储存食物的地方，也是监测组人员休息的地方。

刘斌是监测组里的主要人员，因为在山下的饲养场里，他是祥祥的饲养员，不仅了解祥祥的性格，还对祥祥有着深厚的感情。除刘斌以外，还有大长腿的小杨，戴着一副眼镜、文质彬彬的小何，做文字观察记录的李伟，另外还有间隔一段时间上山来观察祥祥行为习惯的周小平、小宋等人。

刚到培训场时，祥祥对一切都感到新鲜，这里看看，那里走走，兴奋得直打滚儿。不过，它很快就感受到了野外生活的残酷。

那是它独自在森林里过夜后的第一个早上，刘斌刚上山，就发现它蜷缩在围栏门口。看着最亲近的饲养员来了，它马上站起来，眼巴巴地望着刘斌，那黑色的小眼珠里满是委屈和期待。这种时候，刘斌只能给它一个紧紧的拥抱，再无其他安慰的办法。当天下午，刘斌要走出围栏时，也是花了些时间和功夫。

除了森林里独自过夜的恐惧，还有食物逐渐减少带来的饥饿感。在饲养场里，金黄色的窝窝头应有尽有，香甜的苹果美味可口，新鲜的竹子和竹笋更不必说。而今，除了少得可怜的窝窝头，其余美好的食物都成了回忆。好在，培训场里还有不少竹子和竹笋，只要它勤快，不过于挑食，倒也不至于饿着。

由于祥祥是从小人工抚育长大的熊猫，初到森林里生活还让它闹了不少笑话。比如它会飞快地爬树，但是下树居然不会，别的熊猫都是屁股着地，它是脑袋着地。又比如它并不知道大树上多粗的枝

在森林里活动的祥祥

丫能承受它的重量，经常在柔弱的树枝上表演平衡术，结果常常摔个"狗啃泥"。这让做行为观察的周小平和小宋很是惊奇，最后悟出一个道理：看来，人类还是不能完全替代熊猫妈妈。毕竟，这些本领是人类教不了它的。

漫长的野外生活，虽说是野化培训，但实际上，更多时候，祥祥只有自学成才了。

可是，饲养场长期养成的生活习惯，让它只喜欢采食竹子最鲜嫩的部分，还必须是要这一年刚刚长出来的新鲜竹子。没过多久，它就认为培训场里没有竹子可以吃了。

饥饿让祥祥红了眼。它开始在培训场里追着监测组的人跑。同时，对饲养员嘴里的"窝窝头"字眼非常敏感。甚至，刘斌用来装它粪便的塑料袋，它都要抢过去仔细嗅嗅，查找一番。

祥祥瘦了十几公斤，监测组捡拾到的粪便居然不足2公斤了。李伟在给祥祥抓蚂蟥时，发现祥祥腮边的皮下垂了好几厘米，和刚离开饲养场时相比，祥祥已经瘦脱了相。此时的它哪里是只熊猫，分明是只胖狗。

宁静的午后，祥祥的吼声响彻山谷。大家跑出小木屋一看，顿时被祥祥的样子惊到了。只见祥祥像人一样站立着，两只前爪抓着围栏，一边用劲摇晃，一边怒吼。

监测组里的每一个人，感觉心都要被撕裂了。

李伟转身跑进小木屋，打开冰箱，拿出一个黄澄澄的海碗大小的窝窝头，他想让祥祥吃顿饱饭。

"你干什么？"刘斌连忙摆手，说："不能给它吃，否则前功尽弃，会害了它的。"

"给它吃吧，给它吃吧，就吃一次，没啥问题的。"小杨对李伟的行为表示赞同。

"都那么瘦了，再不喂，就要饿死了……"小何也急了。

得到大家支持的李伟，就要打开围栏门，把窝窝头放到秤台上。

"拿回去！"刘斌挡住围栏门，大声地吼道。李伟愣了愣，狠狠地跺了跺脚，咬着牙，红着眼眶，回到了木屋里。随后，大家听到了重重的关门声和椅子被踢翻倒地的声音。

祥祥早已嗅到了窝窝头的味道，停止了吼叫，跑到了围栏跟前。刘斌走进围栏，飞奔着把祥祥带到了一片竹林旁。他告诉祥祥，必须采食竹子。不管是前几年长的，还是现在长的。

"你不吃，肯定会饿肚子。饿坏了，就会生病。生病了你该怎么办？"刘斌摸了摸祥祥的毛发，触碰到它脸颊下松松垮垮的皮，眼眶一红，眼泪涌了出来。

祥祥似乎理解了刘斌，坐了下来，抓起身边的百合科植物大嚼特嚼。它就是不肯采食就在面前的、大概是去年生长起来的竹子。

刘斌的意志有些不坚定了。

张和民到培训场看祥祥，问刘斌，他是希望祥祥生活在森林里，还是回到饲养场，像它的同胞哥哥福福一样，在十几平方米的圈舍里吃了睡、睡了长，现在的福福已经快70公斤了。刘斌说，他当然希望祥祥像真正的野生大熊猫一样生活。但情况不好的话，他还是要为它补充窝窝头。

张和民叹了口气，拍了拍刘斌的肩膀，说："再坚持几天吧！"

秋天即将过去，隆冬马上就要来临。在监测组的无尽担忧中，祥祥的状况渐渐发生了好转。或许，它听了刘斌的话，又或者是环境所逼，它终于开始采食那些看起来不那么鲜嫩的竹子了。

这一天，刘斌、小杨、小何捡拾到的粪便达到了4公斤多。他们兴冲冲地让祥祥站上秤台，发现祥祥的体重恢复到了50公斤以上。

　　情况持续向好。不久，祥祥的体重恢复到了60公斤。

　　张和民再一次上山来的时候，发现祥祥的皮毛下长出了一层野生大熊猫才有的、抵御冬天寒冷的被毛。

　　祥祥顺利度过寒冬。一年多以后，它走进了好几个足球场大的二期野化培训场。

　　这时候的祥祥，已不再是那个看起来憨憨傻傻的

圈养大熊猫了。它体态健硕，步伐矫健，常常竖着耳朵倾听林间的响动，小眼珠里透露着几分警惕和沉稳。

监测组也不敢再踏入培训场了。他们如同当年在五一棚跟踪监测熊猫的张和民一样，背着无线电接收机，戴着耳机，判断祥祥的活动方位和活动情况。

一次，刘斌始终无法寻找到祥祥的信号，于是进入了培训场。祥祥突然出现，一口咬住了刘斌的大腿，鲜血汩汩而出。刘斌一边轻轻拍它的脑袋，一边轻声呼唤它的名字。好一会儿，它才认出了刘斌，松了口。

周小平说，祥祥的领地意识已经很明显了，它就快要成为真正的野生大熊猫了。

时间来到了2006年，一场专家论证会后，祥祥通过了考核。2月的时候，在历经4年的野化培训后，祥祥戴着无线电项圈，走进了五一棚区域没有围栏的大森林。

可是那一天，刘斌可能永远也无法忘记。好几日活动监测都不太明显的祥祥，后被人发现在山崖下，似乎受了很重的伤。当刘斌和饲养场的兽医们一起赶到的时候，眼前的一幕让人心碎。

雪地里，祥祥像一个衰弱的老人，背部顶着几个被动物咬出的大洞。它步履蹒跚地移动着，每走过的一步，都留下了鲜红的血迹。

刘斌轻声呼唤："祥祥，祥祥……"

寒风里，大树下，祥祥依偎在刘斌身旁，像一个受了莫大委屈的孩子，呜咽不止。

兽医为祥祥麻醉后，进一步查看了伤势。这一看，才发现祥祥比他们从表面看到的伤得更重。它的脸上有两个明显的牙齿印和一道几厘米长的抓痕，颈部一些部位肿大，背部有直径近三十厘米的皮肤被重度咬伤，全是充满血的牙齿洞，其中直径十多厘米的皮肤被完全咬烂，并已经腐烂化脓。两只脚后掌分别被咬断两指，尾巴也被咬断一半，血淋淋的伤口让人触目惊心。

必须立即进行手术，否则已经感染的伤口会加重病情，危及祥祥的生命。

在野外搭建的简易手术台不行，马上送到五一棚观察站搭建临时手术台。夜晚来临，风雪呼啸，气温零下十几度，找来几床棉絮，盖在祥祥冷得发抖的身上，兽医连夜为祥祥完成了手术。

手术后的祥祥从麻醉中醒了过来，疼痛让它看起来无精打采。刘斌走过去抚摸安慰它，它抬起头，鼻子轻轻触碰着刘斌的手，这样的温情，他们之间，已经很久没有过了。

为了让祥祥的伤势尽快恢复，刘斌走好几里雪地，去砍那些又嫩、枝叶又茂盛的当年生竹子。雪花似鹅毛飘洒，他在雪中精心挑选，仿佛那些竹子是灵丹妙药，可以让祥祥迅速恢复。

10多天以后，祥祥看起来似乎已无大碍。为了让祥祥不再对人产生依恋，保持野性，人们再度把它放归森林。

那一年的春节，核桃坪的烟花十分绚烂。饲养场里的大熊猫们已经陆续开始发情，倘若祥祥顺利在森林存活，那么，人们距离实现圈养种群补充、壮大野生种群的保护研究目标会又近一步。

牵挂着野外的祥祥，张和民和刘斌都密切关注着它的动向。令人感到担忧的是，祥祥有好几天没有信号传回来了。不久后，不幸的消息传来，祥祥的尸体在一个高高的山崖下被发现。从它身上的伤痕判断，人们猜测，它是与野生大熊猫打斗受伤后，从山崖上摔下致死。

悲伤、自责、遗憾……几乎饲养场里的所有人都沉浸在悲痛中。

刘斌爬上核桃坪的后山，在祥祥居住过的二期野化培训场里一路狂奔，从幼年到走进大森林，到受伤做手术，再到雪地里最后的背影，祥祥的样子如电影般在他眼前浮现。密林叠嶂，山风呼啸，吹不干他的泪水，掩盖不了他的呼喊，可是祥祥，它再也回不来了……两年后，刘斌离开了饲养场。

　　祥祥死后，铺天盖地的责骂声汹涌而至。理想与现实冲撞，悲伤与痛苦交织，张和民已然不记得自己是如何扛过那一段长长的光阴，他心里只有一个念头，不能让祥祥白白死去，一定要让圈养大熊猫走向大自然！

chapter 5

第五章　幸福躲在竹筒里和秋千架上

　　频繁地翻跟斗，或者甩动舌头，这乍一看很有吸引力。人们喜欢看到的画面，对大熊猫来说却是一件极度无聊的事。竹筒和秋千不仅可以装扮它的小家，更重要的是，还能给它惊喜。当然，这需要它付出努力，才能得到。

PANDA

随着水泥公路的全线贯通，核桃坪的石桥上人声鼎沸。排队进入熊猫苑的大门，每个人都要像刚进夫家的新娘子一样，履行一道驱除"晦气"的程序。不过，新娘子跨火盆，驱除的是人心对未知的恐惧。来核桃坪的人，他们的目的很单纯，就是亲眼看看全世界人们都为之疯狂的"国宝"大熊猫。要一睹大熊猫的风采，人们需要踩过一道覆盖了整个大门过道的暗褐色的棕垫。上面浓浓的消毒水将驱除人们鞋底可能携带的病菌，护佑熊猫的安全。

这是汤纯香最为关心的。

道理很简单，核桃坪熊猫饲养场的种群来之不易，传染病如同毒蛇、猛兽，一旦大熊猫种群中有一只感染，很有可能会导致整个种群感染疾病，全军覆没。严格的消毒防范措施不仅仅是针对前来观看大熊猫的人们，张和民还下了一道禁令：凡是在熊猫饲养场工作的人，家里不能养猫、养狗，更不允许带狗、带猫进入饲养场。

　　大山里勾人魂魄的山精黑妖，土司统治下剥人皮、造乐鼓的残酷刑法，出逃的奴仆，每条峡谷名字的来历……戴着黑色头巾、穿着精致绣花布鞋、在熊猫苑门口摆摊售卖土豆的老婆婆可以说上几天几夜。清朝以来形成的茶马古道隐藏在茂密的林间，依稀还有土匪洗劫马帮后留下的弹片痕迹。在最僻静的峡谷里，有国民党飞机坠毁后的残骸，曾装满金条和钞票的箱子散落在灌木丛里，锈迹斑斑，空空如也。如果有人想看，一定会有人不计报酬当向导。但类似这些，几乎没有人关心，进了核桃坪，连四周令人惊叹的风景，人们也忽略、淡化了。他们的心里只有一个名词——大熊猫！

　　大熊猫就活动在10多平方米的运动场里。它长得多好看啊！圆滚滚的外形，黑白相间的毛发，还有走起路来一扭一扭模特般的优雅，坐在地上吃竹子时像人一样，熟练使用"右手"，灵活运用牙齿一下一下撕去竹竿的外皮……连大大的黑眼圈里隐藏的晶亮的黑色小眼珠，偷偷瞅人一眼，也是那样的迷人。

还有啊，大熊猫还能以一秒钟两次的频率甩舌头。

这是什么功夫？熊猫功夫吗？游客们都很好奇，纷纷挤到圈舍外观看。

热闹的氛围调动了这只叫"海子"的熊猫的情绪，只见它猛甩几下舌头后又猛地站立起来，摇头晃脑来了个"后滚翻"。

"好！"人群发出惊叹声，"再来一个，再来一个！"

来就来！海子又迅速翻了一个。

"哈哈哈！这只大熊猫是人来疯哦！"

前滚翻，后滚翻，受到鼓励的海子又连续来了好几个精彩的表演，后来似乎是累了，径直走进了内圈——它的起居室，人们千呼万唤也不再出来。

人们失望地离开——这国宝的心思真是让人难以捉摸。

每当这个时候，负责大熊猫行为观察和研究的周小平就很焦虑。外行人不清楚，他的心里可是敞亮得很。什么人来疯啊，这是大熊猫在狭窄的圈舍里活动受限后出现的机械行为。久而久之，大熊猫驰骋山林的本性就会被磨灭，心理压力也会越来越重，最后只能机械如摆钟，在笼子里过完余生。这不是科研人员想要的，他们希望熊猫家族能过得幸福，无论是野生的，还是圈养的。

初秋深夜，实验室白炽灯照在几张疲倦的脸上。外面淅淅沥沥的雨"沙沙沙"地响着。

"圈舍里的水泥地如果太潮湿了，就要给年纪大的铺上棕垫，早晚温差大，别让它们冻着了。"张和民一边给试管写上编号，一边对周小平说。

周小平有些疑惑，问："刚立秋，地上应该不至于太凉。熊猫皮毛厚实，喜冷怕热，不至于那么不经冻吧？"

张和民说："卧龙湿度大，比不得山外。年轻的熊猫身体好，不怕。年纪大的熊猫，身子骨也怕寒湿。"

一旁的汤纯香连连点头，熊猫也是血肉之躯，感冒、肠炎、皮肤癌、胃癌、肝癌，他都在熊猫身上见过了。

"每天活动的范围不大，正无聊呢，估计棕垫丢进去，三下两下就会被扯坏……"周小平想起了海子以及像海子一样出现机械行为的大熊猫们，突然灵光一闪，"我们与美国圣地亚哥动物园合作研究，认为可以添加一些东西，丰富一下大熊猫的活动环境。不如我们多给它们一些玩具，这样，它们就有事做了。"

　　"哈哈哈！"张和民发出了爽朗的笑声，这是自攻克"三大难关"后他又一次由内而外发出的喜悦之笑，"周总就是周总（周小平是总工程师），行为专家就是行为专家。我也很赞成专家们提出的丰富圈养大熊猫活动环境的提议，我认为不仅要让它们有事做，还要让它们觉得这些事情很有意思，很有乐趣。对不，汤司令？"

　　大学生们纷纷离开后，饲养场里一度只留下了汤纯香一个专业兽医。四川话通常用"光杆司令"形容独自一人撑起某件大事，因为汤纯香要负责整个饲养场的大熊猫医疗工作，汤司令的称呼大概也是由此而来。

　　"那当然好！活动得好，心情就好，心情好了，吃啥子都香得很，身体就好了嘛！"汤纯香很支持，"我们还可以抓住大熊猫爱吃的东西这个关键，吸引它们的注意力。"

…………

几天后的早晨，海子一钻出"起居室"，就发现了空空的活动场里搭起了木架子，木架上还悬挂着好几个竹筒。它疑惑地靠近这些竹筒，鼻翼微微动了动。

"闻到了，闻到了！"站在圈舍外的周小平激动地用手肘碰了碰汤纯香，继而又担心地说："不会这么容易就找到了吧？"

汤纯香笑而不语，示意他继续观看。

很显然，嗅觉灵敏的海子已经闻到了它最喜欢的苹果的甜香。但是在哪里呢？它围着木架转圈，用前掌击打着几个竹筒。竹筒不停地摇晃激起了它的兴趣，索性全部抓了下来，当作玩具击打着玩。

不知道折腾了多久，海子终于撕咬开了一根装着一小块苹果的竹筒，意外的收获让它欣喜不已。它小心翼翼地捧着像珍宝一样的苹果块，不停甩动着舌头舔了舔，终是受不了美食的诱惑，一口就把苹果块吞了下去。

　　"还有，还有，你找嘛！"汤纯香不忍心，提醒海子。

　　海子狐疑地看了看会打麻醉针的汤纯香，似信非信地站起来，扒拉着另外的竹筒，一番工夫后，又找到了一块……

　　这下没了。周小平耸耸肩，高兴地说："走，我们去跟和民说下效果。"

　　汤纯香却对周小平提供的苹果有些不满，说："周

总，你们的苹果块也太小了嘛，人家费半天工夫才找到这丁点儿……"

"多了，它就没兴趣了。明天我要换个地方藏。水池边上，木架顶上……你看，是不是这就没工夫耍舌头了？"

"哈哈哈！我看周总你呀，不仅要在犄角旮旯里藏东西，还要修建大批熊猫娱乐设施吧。"

"你说对了，我这两天就在计划给它们买些皮球，挂几只轮胎，让小的熊猫有上幼儿园的感觉，大的熊猫有休闲娱乐的感觉……"

　　两个人有说有笑地找到张和民，情况一说，张和民也很高兴。他们一致决定在饲养场推广这种既能让熊猫享受到乐趣，又能增加活动量的饲养方式。熊猫不仅要在竹筒里找吃的，还可以在墙根下，或

　　端午节时，饲养员用粽叶把"窝窝头"包起来，让熊猫宝宝在喜欢的食物里寻找具有独特香味的"窝窝头"

者木架的隐秘角落里寻找。食物也不要仅限于苹果，可以是竹笋，还可以是沾着蜂蜜的窝窝头。后来，他们还把这项内容作为大熊猫饲养环境丰富度的主要标准之一。

张和民说，我们要让饲养场里的大熊猫们享受到家的温馨，要有幸福感。动物也和人一样，心情好，状态才好。他对汤纯香、周小平讲起小时候他所在的农村里两妯娌养猪的故事。这两妯娌年纪相仿，每年都会为生产队养猪。每到年尾，大嫂子养出来的猪总是油光水滑，一两百斤。但小嫂子养出来的猪又黄又瘦，不到一百斤。人们感到很疑惑，用同一口井里的水，喂同样的猪食，两个人养的猪差异怎么那么大呢？后来，人们发现，大嫂子经常夸猪长得漂亮，把猪圈打扫得干干净净，还常常和猪说话。小嫂子则不同，心里有气都发在了猪身上，非打即骂，猪圈也是蚊蝇飞舞，恶臭无比。人们开玩笑说："动物虽然不会说话，但也不傻，知道你对它好还是不好。"

张和民还讲起了他在五一棚结识的一只星鸦。一次，他和队友在监测点监测，一只褐色的、羽翼上长满白色斑点的星鸦跑来凑热闹。这只星鸦在他们的身边飞来飞去，时高时低，小眼珠滴溜溜地转着，十分讨人喜欢。张和民拿出饼干屑，投喂给它，它便不走了。更让张和民想不到的是，他和队友收工回到观察站，如同之前的大熊猫"贝贝"一样，星鸦也一路跟来了。他给这只可爱的星鸦取名"丫丫"，从此，形影不离。虽然后来因为一场暴雨，丫丫消失无踪，但张和民的心里一直记挂着它。

从熊猫贝贝和星鸦丫丫身上，他真切体会到人与动物之间的感情，是可以很温暖的。他和大家商量后，在饲养场推行起了爱心饲养。饲养员不只是定点、定时去打扫圈舍和喂食，还会安排专门的时间去和熊猫们聊聊家常。

这个方式的应用取得了很好的效果。

饲养员徐娅玲常常趴在地上，隔着内圈的栅栏和团团、圆圆这一对大熊猫聊天。眼见着平时直立行走的"奶妈"四肢趴到地上，和自己四目相对，好动的圆圆兴奋得就地打滚儿。相比之下，团团就文静多了。虽然圆圆是雌性，团团是雄性。

徐娅玲对圆圆说得最多的一句话就是："圆圆，你不要欺负团团，团团比你小。"

每次说给圆圆听，圆圆都很认真地用它的小眼睛看着徐娅玲。徐娅玲说，听懂了就坐下，手伸出来，我给你苹果吃。

一听有苹果吃，圆圆立马像幼儿园听话的小朋友，乖乖地坐在栅栏前，手伸到一块搁板上，眼巴巴地望着徐娅玲。团团一看这阵势，也和圆圆并排坐到一起，手举起来，讨要苹果。

不过，吃归吃，欺不欺负团团还是圆圆自己说了算。

兽医吴虹林要来采血，对两只熊猫进行常规体检。团团、圆圆同一年出生，刚好一岁出头，正是调皮的时候。

"团团，圆圆，快点回来了！"徐娅玲站在内圈里大声叫喊。连续叫了几声，都没反应。

"咦？"徐娅玲有些奇怪，平时一喊就过来，今天它们在搞什么鬼。她一边想着，一边打开了运动场的门。结果看到了令她啼笑皆非的一幕——圆圆踩在团团的身上，让团团当"肉梯"，自己使劲儿往墙头上爬——典型的"越狱"。

"顽劣不改！圆圆，又是你带头！"徐娅玲一声吼，想要翻出围墙的圆圆，飞快地从团团身上跳下来，疯跑着回了内圈。

团团、圆圆的圈舍依山而建，运动场处于半斜坡上，隐约可以看到围墙外的风景。这已经不是它第一次被发现想要跑出圈舍了。上个月，正在打扫圈舍的徐娅玲听得门闩响，回头一看，惊得冷汗都下来了，门闩就差那么一厘米，马上就要拨开了。圆圆不知道

什么时候学会了像人一样拨开门闩，而团团正负责放哨。如果不是发现得及时，两只熊猫就会大摇大摆跑出饲养场……

不过，虽然圆圆调皮了些，但经过一段时期的爱心饲养，它已经很能适应抽血这种体检项目了。

徐娅玲说："圆圆坐下，手伸出来，抽血检查身体了。"

圆圆就把手放到搁板上，让吴虹林抽取血液。见圆圆抽取完血液，团团主动坐下来，学着圆圆的样子完成了抽血。

要知道，在爱心饲养实施之前，饲养场所有的大熊猫打针、抽血都需要经过第一关——麻醉。毕竟，麻醉药剂次数用多了对身体多少有些不好。

闲暇时候，张和民会在饲养场里散步。当有一次看到两只熊猫并排坐在秋千架上，有一只从秋千架与绳索的连接处找到了小半根竹笋时，他脸上不禁绽开了微笑。环境丰富度的增强，虽然并未完全杜绝大熊猫的机械行为，但却让人看到了实实在在的改变。他相信，通过爱心饲养，一切都会变得更加美好，实现拯救大熊猫家族的目标也将越来越近。

"未来，这些熊猫不应该是在有围墙的地方里寻找食物，它们的秋千也将更加天然，它们的活动范围也不应该限制在几个、十个、几十个平方米范围内，它们应该是自由地生活在大自然的森林里的。"他想。

这也是人们开展大熊猫保护和科研工作的初心。

第六章　盼到了　一只『哪吒』

　　晴晴来到这个世界的"路程"比其他熊猫宝宝都要长。有多长呢？可以和神话故事里的哪吒相媲美。但它的命运和哪吒的命运又有很大的不同。

PANDA

雪下了一冬。

终于，微微有一丝暖意的风吹开了河岸边的冰冻，也吹进了沉寂的饲养场。很快，玉兰树冒出了花苞，几天暖阳后，一树玉兰花开得热热闹闹。

这是好兆头！杨长江想起去年繁花绚烂的时候，饲养场繁殖了10多只大熊猫幼仔，那可是大丰收啊！今年，看这花开的势头，很有可能也是大丰收。

"希望吉妮今年能找到它的如意郎君，顺利当上妈妈"，拉着竹子，走过玉兰树边的杨长江想。

吉妮的圈舍就在几步之遥，杨长江走过去，轻声呼喊："吉妮，吉妮！"

吉妮趴在泛黄的草坪上，懒洋洋地不想动。它的饲养员悄悄告诉杨长江，他发现吉妮有了轻微的磨蹭身体的行为，这几天也不太喜欢在运动场里爬树玩耍，可能吉妮要发情了。

"真的？！"杨长江开心地握住饲养员的手，说："那你的愿望今年说不定能实现呢！

"嗯，嗯嗯嗯！"饲养员猛点着头，他也是开心极了。上个月，他从北京陪伴着吉妮来到卧龙的核桃坪，几千里的路程，就是希望"大龄女青年"吉妮发情，有机会当妈妈。

吉妮出生在北京动物园，是只很漂亮的大熊猫。大熊猫5岁以后，就已经成年，13岁的吉妮相当于人的40岁左右，已经步入中年了。在核桃坪的饲养场里，像它这么大年纪的雌性熊猫，早已经是好几个孩子的妈妈了，可是吉妮连一次婚配都没有成功过。

为了吉妮能像其他雌性熊猫一样找到自己的配偶，成功怀孕产仔，北京动物园在两年前就让吉妮来过一次饲养场。那时的吉妮身体很差，虽然外形漂亮，但是一副病恹恹的样子。饲养场的成年大熊猫普遍有100多公斤，它才80公斤左右，看上去一点也不健康。原来，吉妮有肠胃疾病，拉肚子的毛病已经伴随了它很长时间。

说起吉妮的病，它的饲养员就有些难过。吉妮两岁多的时候，就是北京动物园里非常漂亮的熊猫了，饲养员们都说它是小公主，游客们更是喜欢在它居住的园区前驻足不前。有一天，有游客丢进了一根火腿肠，吉妮吞食了火腿肠表层的塑料包装，自此落下了肠胃炎。

　　为了照顾肠胃不好的吉妮，饲养员给它吃最好的东西，让它的嘴变得越来越挑，不喜欢吃的东西坚决不吃。肠胃本来就受到了伤害，再加上养成了挑食的习惯，吉妮的身体每况愈下。成年后，它也有过几次发情，却都没有找到合适的对象。北京动物园也想尽快让吉妮当上妈妈，为它进行了人工授精，但身体不好的吉妮，始终没有怀孕。吉妮年龄越来越大，它的婚配问题成了饲养员的一块心病。而北京动物园圈养大熊猫数量少，一眼望去，适龄的大熊猫大多与吉妮有表亲关系，吉妮想要在北京动物园找到理想的配偶，真是难上加难。

　　随着大熊猫繁育三大难关的攻克，核桃坪饲养场已经有了全世界最大的圈养大熊猫种群。为了让大熊猫间的种群基因得到交流，国家倡导全国有大熊猫的动物园，以及大熊猫繁育研究机构，相互之间开展交换合作，以丰富圈养大熊猫的基因，避免近亲繁殖。

这对吉妮来说是个再好不过的消息。于是，2004年，它远嫁四川卧龙，来到了核桃坪的饲养场。

张和民和他的团队决定先从吉妮的身体健康方面着手，他们认为，只有身体好了，大熊猫才能享受到它应该享有的"熊"生福利。精饲料窝窝头补充营养，日常投喂的竹子补充粗纤维促进肠胃蠕动，香脆的苹果是甜点，让吉妮享受食物带来的乐趣。除此之外，还有饲养员与它亲密交流，聊天谈心，让它心情愉悦、舒畅。渐渐地，吉妮的身体好了起来，但是它并没有明显的发情迹象。后来，它回到了北京。

眼见着吉妮的情况一天天好起来，饲养员不甘心。吉妮的年纪，如果再不抓紧时间找到对象，它就只有孤独终老了。这一点，一直陪伴它的饲养员，无论如何都不能接受。

2006年春天，饲养员带着吉妮，乘坐飞机，再次到了几千里外的核桃坪饲养场。他的心里满怀期望，希望吉妮此次能够顺利找到自己的新郎。

特别是这几天，吉妮每一个微小的变化，饲养员都看在眼里。他很担心这次又是空欢喜一场，因此更加密切地进行观察。

没错！它就是有了发情行为！几声"咩咩"的叫唤后，饲养员明确了自己的判断。他请来张和民、汤纯香、周小平、张贵权、李德生，集体为吉妮会诊。

一小会儿的观察和讨论之后，张和民说，赶紧准备转移到繁殖圈舍吧！这是明显的发情了啊！

饲养员高兴极了，和专家们一一握手致谢！要知道，这些都是大熊猫繁育界一顶一的专家，他们说发情了，那就是千真万确发情了。看来，吉妮有希望了。

繁殖区的圈舍虽然是独立的，但在隔墙的下部，墙体由实心变成了两三个竖着钢条的窗户。这些窗户长约1米，高约0.4米，方便相邻圈舍间的熊猫们相互嗅闻交流。每年春天，繁殖场发情的大熊猫们，就住在这样的房间里，培养感情，然后婚配。

张和民对这只大龄的、来自北京的大龄女熊，给予了特别的关心和照顾。他让大家每天24小时密切关注吉妮的行为，尽最大努力让吉妮当上妈妈。

此后，人们24小时轮番守在吉妮的圈舍外，仔细观察吉妮的行为。杨长江就是观察者之一，每次看到吉妮烦躁走动，缓解发情期间的焦躁，他就会望向山坡上的几棵玉兰树。如果13岁高龄、身体素质算不上好的吉妮是一棵铁树的话，他也希望铁树能开花。但开花的前提是，它能在饲养场里找到心仪的对象，并且和它举行婚礼。

吉妮的两边圈舍都安排进了熊猫帅哥，有武岗，有灵灵。这两只熊猫外形强壮，是饲养场精心培育的"种公兽"，承担着繁育圈养熊猫家族后代的使命。人们希望，能够通过提前熟悉的方式，让吉妮和它们中的一只建立起感情。它们一来，就发现了身材娇小、外形漂亮的吉妮。它们在铁条边的窗户台上嗅闻，哼叫，一声声呼唤着吉妮。

这个时候，杨长江才发现，别看吉妮小小的身体，平时秀气文静，但发起脾气来却是个"刁蛮、任性"的主儿。当它发现圈舍两边来了两个陌生的熊猫，心情变得极不舒畅。吼完这边的灵灵，又去吼那边的武岗，原先温顺可爱的性情此刻荡然无存。

北京来的饲养员对杨长江说，吉妮就是个"刁民"。不仅嘴挑，而且性格还怪。

杨长江看着吉妮那恨不得钻过铁条，要与两只熊猫帅哥打一架的架势，心里有了几分明白，不禁暗暗替吉妮叫苦。

果然，原本两只对吉妮还有所好感的熊猫帅哥，在吉妮的一声声怒吼中败下阵来。它们再也不到窗户边嗅闻、哼叫，再也不呼唤吉妮了。

饲养员着急了，说："吉妮，你可不能这样，你怎么能把未来夫婿给吓跑了呢？"但吉妮我行我素，不为所动。武岗和灵灵不理它了，它有时还要跑到窗户边骂人家，生怕它们不走，从而影响它的清净生活。

饲养员无可奈何，心里一阵阵发凉。杨长江说，也许，这两只不是吉妮喜欢的类型吧，再等等看，不行就换另外的公熊猫来。

渐渐的，吉妮的发情越来越明显。一般来说，饲养场会在雌性熊猫发情达到峰值的时候，为它们举行婚配。但雌性熊猫的发情期特别短暂，有的两三天，有的可能只有半天。时间不能再耗下去了，不然，吉妮结婚生娃的希望将变得更加渺茫。

青青来了。这可是全饲养场种公兽里最帅气，最温顺的。

吉妮的表现，印证了杨长江的猜测。青青搬过来后，很快就发现了隔壁的吉妮。它快步走到窗户边嗅闻，发出温柔的"哼哼"声，向吉妮示好。吉妮起初不为所动。一会儿后，慢慢起身朝窗户边走去。

它的饲养员和杨长江都暗暗捏了一把汗，希望吉妮不要再发脾气，驱赶青青。

也许，帅气、毛色光亮的青青是吉妮喜欢的类型，它们隔着栏杆相互嗅闻，还鼻子抵着鼻子，有了第一次亲密接触。接下来的发展就很顺利了，吉妮和青青谈起了恋爱。一时之间，整个饲养场都喜气洋洋。

看到吉妮和青青两情相悦，饲养员放心多了。要知道，有些种公兽在婚配时，会对体型小一些的雌性熊猫大打出手。饲养员亲眼看到，前两天，两只熊猫婚配，雄性的对雌性的大打出手，若不是站在墙头的科研人员用长竹竿强行驱赶分开，雌性大熊猫必然会受伤。

虽然婚配成功，但雌性大熊猫吓得够呛。倘若吉妮看上的是其他种公兽，还说不定会发生什么事情呢！

不久，人们为吉妮和青青举行了婚礼。从未婚配过的"大龄女青年"，终于嫁得"如意郎君"。

从此，饲养员的心里就有了更加特别的期待。他为吉妮送最新鲜的竹子，把窝窝头和苹果切成小块，送到吉妮的嘴边。他还常常和吉妮聊起它的小时候，聊起北京动物园的饲养员们是多么的想念它，多么希望它当上妈妈……

随着雨季的来临，饲养场里陆续有了熊猫幼仔的叫声。

饲养员密切关注着吉妮的动静。吉妮在完成婚配后的一两天内就恢复了正常的饮食起居。杨长江说，这证明吉妮的身体素质越来越好。听到这样的话，饲养员的心里就更开心了。

此刻，他就盼着吉妮生产了。掰着指头算算，最晚到秋天，吉妮就应该会生产。再往好的方面想一想，说不定还是双胞胎呢！

21号生了，英英生了，帼帼生了……好家伙！全是双胞胎。监控室里连续几天响起人们热烈的掌声。大熊猫妈妈的怀里多了个蠕动的粉嫩小家伙，育幼室的保温箱里也住进了一只只耳朵未长、眼睛未开的小家伙，但吉妮毫无动静。

等到皮条河岸边的那几棵大枫树树叶全黄了、又红了，随着11月的寒风飘落，掉进碧蓝色的河水里飘走了。不久之后，新雪即将降落，开启又一个季节的轮回。吉妮怡然自得地过着自己的生活，那些熊猫妈妈们哺育孩子的忙碌，它可没有。

眼见着，熊猫妈妈们产下的幼仔大的已经能爬树了，吉妮当妈的愿望又落空了！

春节前夕，把吉妮拜托给杨长江他们照顾后，饲养员要回北京过年。他站在石桥上，迎着深秋山里刺骨的寒风，心想着："实在不行，就等明年吧！"他这样给自己打气，也给吉妮加油。

新的一年应约而至。饲养场里的春节联欢晚会结束后，又一场大雪覆盖河岸。要不了多久，大熊猫们又该步入发情期了，或许，吉妮将迎来新的机会。

可不，这一天上午，吉妮就有了异样。它不吃不睡，在圈舍里来回走动。

杨长江心想，难道今年吉妮要拔得头筹？看来不生产、不带娃真是有好处。这一放松，吉妮这么早就发情了！

杨长江用心照料着。不经意间，他发现吉妮在走动时拉出了一大泡水，很显然，这不是尿液。随后不久，吉妮背对着身子，后背起伏着。

从2月到3月初大熊猫发情配种的时间算起，熊猫妈妈产仔的集中时间一般是从7月到10月，为什么时间不固定呢？这是因为受精卵在熊猫妈妈的子宫里着床的时间是不相同的，有的受精卵着床快一些，熊猫妈妈可能自婚配后五六十天就产仔了。有的受精卵在子宫里游离的时间长，熊猫妈妈要怀孕半年才会产仔。为什么会有这么大的差异？张和民猜测，那是受精卵也懂得选择，只有在母体营养最为充分的时候，也就是大熊猫身体素质最好的时候，它才会着床。

心情忐忑的杨长江寸步不离地守着吉妮，隐约觉得会有大事发生。下午，请来繁育专家张贵权一看，吉妮这是明显的产前行为。

大年正月初六早上，吉妮产下了一只健康的宝宝！铁树开花，吉妮生娃啦！

饲养场里的人们奔走相告，好一片喜气洋洋！

积雪覆盖着四野，天寒地冻，吉妮产仔的消息就像冬天里的一把火，点燃了饲养场所有人的情绪。

"千古奇谈，从来没有头年配种，第二年产仔的大熊猫，打破了世界纪录！"

"熊猫孕期最短的80来天，最长的不过半年，平均也就不到150天。吉妮怀了差不多一年，它这是生了一个'哪吒'啊！"

"对哦，这就是熊猫家族的哪吒嘛！"

…………

饲养场里七嘴八舌，围绕着吉妮仔展开了热烈的讨论，当然更多的是好奇。

"也不知道这怀了300多天的幼仔，和普通的熊猫幼仔有没有什么区别，个体是不是要大很多？"有人问。

"120多克，这'哪吒'健康得很！"张贵权回答说。

杨长江"呵呵"笑着，边打趣边问道："哪吒那是神话中的人物，我们这可是货真价实的国宝级哪吒。不过，它怎么可能在妈妈的肚子里待这么久？正不正常呢？"

有丰富繁育经验的张贵权说："我个人认为这应该是正常的。熊猫的受精卵着床时间不固定，长短都有。吉妮这时候生产确实难得一见，说明受精卵的活力比我们想象的更要强大。不过，这也只是个例。毕竟，孕育一个生命，受影响的因素太多了。"

后来，张和民组织大家进行讨论，得出的结论和张贵权的说法一致。

消息传到北京，北京动物园也沸腾了！饲养员从北京回到了饲养场，他的愿望终于实现了！为了给吉妮补充体能消耗造成的营养流失，他每天都会准备一盆糖水，直到几天后吉妮开始采食竹子为止。

初次当妈的吉妮对孩子给予了全部的爱，它不是叼着孩子，就是抱着孩子，尽心尽力地哺育着柔弱的新生命。可能是因为初次当妈，力度掌握不好，一次叼仔过程中，孩子的背部被划伤了。为了保护这个来之不易的小家伙，张和民决定暂时人工哺育吉妮仔，等它伤好后、大一点再送回妈妈身边。

　　1周，1个月，3个月，半年……吉妮仔从一身粉嫩，没有耳朵、没有眼睛的"早产儿"，很快长成了黑白相间，被毛浓厚的大熊猫的样子。它每天依偎在母亲身边，承欢膝下，转眼就到了半岁。在愉快的成长岁月中，人们为它取了一个特别好听的名字——晴晴，希望它未来的每一天都是晴天。

人们对这只"熊猫小哪吒"特别关照。由于它比其他熊猫幼仔大了三四个月，错过了适龄熊猫幼仔"上幼儿园"的最佳时机，所以它没有办法和它们一样住进紧靠河边的大熊猫幼儿园。不过，人们在饲养场绿化最好的中庭位置，为它专门准备了一座中式小木屋配套超大游泳池的豪宅，以及一个平坦宽阔的绿茵足球场。当然，还少不了耐心周到的奶爸。

　　不过，晴晴"熊猫小哪吒"的别名的确名副其实。从入住那天起，晴晴就对新家的一切充满了好奇。它在木房子里飞檐走壁，啃咬撕扯，就差没把屋顶盖掀翻。它喜欢泡在游泳池里，让毛发吸足了水，然后上岸对着打扫运动场的谭成斌一阵抖动，水花四溅，把奶爸气得够呛。它特别依恋奶爸，总是抱住谭成斌的大腿又啃又咬不让走……它似乎很快忘记了母亲吉妮的温暖舐舔，尽情享受着无忧无虑的生活。

　　看着它出生的杨长江，常绕过弯弯的小径去看它，站在围栏外呼唤它，而它不给一点儿面子，要么自顾自玩闹，在运动场里追着蝴蝶疯跑，要么就屁股对着人，一副爱搭不理的样子。

这个时候，杨长江就会在心底里说："晴晴啊晴晴，你能不能像妈妈一样，长得有一点儿淑女的样子？"

　　经常有人问："长江，你的'熊猫小哪吒'呢？"他则会佯装生气地纠正："什么熊猫小哪吒，它是熊猫女哪吒！"

　　后来，由于晴晴性格"刁蛮"，在饲养场里还获得了"晴霸天"的"雅称"。吉妮的饲养员不由感叹，这晴晴的性情，真是随了它的亲妈啊！

　　而它的亲妈吉妮，仍然在饲养场调养着身体，后来还生了孩子。后来的后来，吉妮回到了北京动物园，度过了生命中的最后几年时光。

第七章 在山崩地裂时 **紧紧相拥**

那场大地震发生在宁静的午后。突然的地动山摇、山石崩塌、天昏地暗，让恐惧弥漫了整个饲养场。在最需要彼此的时候，谁都没有放弃。

PANDA

火车穿过长长的隧道，出了秦岭不远，就到四川地界了。和陕北的干燥天气不同，张亚辉从呼吸里就感受到了浓厚的潮润气息。那时，他还很不习惯。不过，到卧龙后的几年，他已经和这种气息紧密融合在一起。甚至曾经浓重的陕北口音，也已经洒进了四川的"椒盐"，有了四川方言普通话的味道。

河面上方的一大块草地，鹅卵石堆砌起高低起伏的围墙，隔开两三米的深沟，往上就是十来只熊猫幼仔的别墅和游乐场。三层螺旋式休闲木架，能坐下四五只熊猫幼仔的秋千椅，造型独特的小水池，天蓝色的木马，大红色的皮球……还有为了满足有些熊猫宝宝挂在树上睡觉独特需求的三杈树，构成了饲养场里最吸引人的地方——熊猫幼儿园。

此时，明媚的阳光下，几只白色蝴蝶翩翩飞舞。

时而停在木桩上，时而立在四叶草上。

"旺佳，旺佳，睡瞌睡了，不要调皮……"张亚辉站在幼儿园的围墙外，对摇头晃脑，跟着蝴蝶追的一只熊猫幼仔轻轻喊道。

旺佳当然不会听张亚辉的话。而其他的幼仔，或在树桩上，或在秋千上，或两三只蜷卧在草坪背风的角落里，呼呼大睡。

"看看人家都睡了，你还不睡。"张亚辉嘟囔了两句："真是不听话。"

旺佳耳朵灵敏，一听这话，更来劲了，四腿撒欢地跑到树桩下，又呼哧呼哧爬了上去，拉住那只靠在树桩上睡觉的幼仔的小黑脚丫，一个劲往下拽。

张亚辉无奈地摇了摇头，有几分嗔怪："真是个调皮娃儿！"

从这些幼仔像一只刚出生的小老鼠一般住进育幼室开始，自己没日没夜、"一把屎一把尿"地把它们拉扯大，结果一个比一个不听话。不过，每个熊猫幼仔的生活规律不一样，活泼点儿终归是好的。

张亚辉老父亲般笑了笑，又忽然想到，以后自己的孩子是不是也会这么调皮？顺着奔涌向前的皮条河水，他望向河岸的下方，咧嘴一笑，本来细长的眼睛眯出了条缝儿。在皮条河的下游，与核桃坪相隔十几公里的耿达镇的一所中学里，有他新婚半年的妻子。他们正计划着要一个孩子，憧憬着一家三口的幸福样子。

不知何时，旺佳也疲倦地趴到水池边歪着脑袋睡着了。

天空蓝得醉人，几声布谷鸟发出短促又节奏分明的"歌谣"，在葱翠欲滴的山谷里回响，大熊猫抱竹而眠，偶尔打个哈欠，睁开惺忪的小眼睛，看一看，翻身又睡了过去……时光如同一艘在平静水面慢悠悠摇晃着的小船。山风徐徐，张亚辉有了几分倦意，抬步向休息室走去。

突然，"轰隆隆，轰隆隆"的声音从地底深处咆哮而来。

乌云席卷而来，如女巫的战袍罩住了原本明亮的阳光。黑压压低沉的天空让宁静的午后变成了昏暗的傍晚，怪鸟尖叫，惊醒了沉睡的熊猫，刚刚走进饲养场的游人们止住了脚步。

"轰隆，轰隆隆"的声音不绝于耳，地面忽然剧烈晃动。整个饲养场如同一叶小舟，在惊涛骇浪中起伏摇晃，"吱吱呀呀"地就要散了架。随着嘭的一声巨响，"轰……轰隆……轰隆隆……"饲养场背靠的大山张开大口，火山喷发般地吐出大量泥石，摧毁了经年的树木，瞬间掩盖了饲养场的大门。

"山崩了，地裂了！"

"地球要爆炸了！"

"世界末日来了！"

浓烟滚滚中，恐惧的尖叫声此起彼伏，饲养场里飞沙走石，尘土飞扬。人们惊慌失措，有的四散奔逃，寻找生机；有的双腿发软，跪倒在地，祈求菩萨保佑；几个外国人瘫坐在地，呼喊着上帝……

烟雾散去，天空恢复了一丝清朗，干净的地面覆盖上了厚厚的一层土，饲养场好像瞬间变成了荒废多年的废墟。

张亚辉从地上爬起来，抹去脸上的尘土，本能地往饲养场出口方向跑。想想不对，立即折返到幼儿园，看到了令他无比心疼的一幕。上午还活泼可爱的6只熊猫宝宝，此时，有的双手抱头蜷缩在木架上，有的躲在墙根下，被惊吓得瑟瑟发抖。

河水呜咽，如要掀起巨浪般。大地又开始摇晃！

"哐当，轰隆……"巨石翻滚的声音传来，再不能迟疑了。张亚辉和赶来的饲养员抱着大熊猫宝宝往外冲。

之前还调皮捣蛋的旺佳，正卧在木架的最高处，头深深地埋进腹部，任张亚辉怎么呼唤也不愿下来。张亚辉只得跳上木架，俯身抱着嘴巴里发出"呜呜呜"声音、身体不断抖动的旺佳，一边轻声安抚，一边掰开它紧紧抓住木架的爪子。回头转身的那一瞬间，张亚辉被眼前的一幕惊呆了，原来依山而建的几座大熊猫圈舍，此时已巨石遍地，哪里还有圈舍的影子！幼儿园紧邻河边，距离山体有好几十米的距离，幸运地躲过了被掩埋的命运。

一边往外跑，一边默念着那几个圈舍里熊猫的名字。张亚辉在心里祷告，希望那几只成年的大熊猫能身手敏捷，逃出生天。

核桃坪的大熊猫饲养场处于一条狭长的山谷中，此时，四周的山体都发生了大滑坡，飞石滚滚而落，河对岸平常供游客们停车和商贩们售卖的一块平地，成为了最佳避难所。

饲养场的大门被埋，意味着通往河岸对面的通道被堵。河水湍急，巨浪滔天，要想到达河对岸，又谈何容易！

　　好在那横跨两岸的石桥没有受损，人们找来木梯，

科研人员抢救熊猫宝宝

靠在石桥的边缘上，绕过被泥石封堵的大门，勉强搭起了一条临时通道。

人们先组织游客们爬上木梯，下面的人用力按压，保证木梯不会摇晃，桥上的人进行接应，伸出手，拉游客们一把。最早上来的是一批外国游客，三十多个人惊魂未定。当饲养员老周护送他们上了石桥时，听到妻子焦急地呼喊："老周，快出来！"

老周远远地朝妻子挥了挥手，又返回了饲养场。

紧接着是救援熊猫宝宝们。桥下，张亚辉、马强、刘晓强、韩洪应……将熊猫宝宝们一只一只护送上梯子。桥上，徐娅玲、刘娟、李果……，五十米接力跑，接力棒就是那些快一岁的30多公斤重的熊猫宝宝们。身材瘦弱的刘娟，由于体力不支，从木梯上连续接过不知道是第几只熊猫宝宝，再负重跑了几步之后，一头栽倒在地。

"轰隆"巨响依然在持续，穿梭在饲养场里的人越来越多。

张亚辉和大家一起清点8只快两岁的奥运大熊猫。它们居住在饲养场的正中间，山体滑坡的幅度很小，它们只是受到了一点儿惊吓，总体情况还好。

2008年，我国作为东道主举办奥运会。全国网友选出的8只奥运大熊猫宝宝，将在两个多月后、奥运会召开的前夕，启程赴京，为奥运添彩。

查看圈舍，查看大熊猫情况，清点数量，发现真是几家欢喜几家愁。

"晴晴，晴晴……"扒开层层乱石，谭成斌看到了躲在石头缝隙里浑身发抖的晴晴，一把把它抱了出来。

"毛毛，毛毛……"何长贵站在乱石上呼喊着他饲养的大熊猫的名字。

"圆圆，圆圆……"徐娅玲看到了围墙边的团团，却没有见到圆圆。

"茜茜，茜茜……"杨长江心爱的熊猫大美女茜茜不知所终。

…………

平时，每个饲养员都有信心通过呼喊唤来自己喂养的熊猫。然而，在天崩地裂后的这段时间里，呼喊得不到回应，信心就逐渐衰减。直到夜幕低沉，喉咙嘶哑，毛毛、圆圆、茜茜的身影还没有出现，几个饲养员的信心似乎也降到了冰点。

"它们应该跑出去了，这3只都是成年大熊猫了，石头压垮了围墙，正好给了它们翻出围墙的机会。"作为年龄最长的徐娅玲，怕两个小年轻承受不住压力，好心安慰："明天它们就回来了。"

何长贵长长叹了口气，声音颤抖，说："毛毛圈舍里的石头很大，围墙也并没有全部被压垮，希望它逃了出去。它都有身孕了……"说着，说着，他背转身去，谭成斌赶紧拍了拍他的背，安慰道："就要天黑了，石头还在飞，明早我们再来看看，可能它们都回来了。"

茜茜也是一只怀孕大熊猫，看着暮色苍茫，杨长江只能在心底祈祷，希望茜茜平安。

徐娅玲接着说："如果明天没有回来，我们就在附近找找。它们是很聪明的，记得回家的路。"

何长贵勉强点了点头，又跑到毛毛的圈舍，逐块石头下检查、呼唤，均无回应，只得无奈离开。

大家从饲养场里撤出来的时候，老周在暮色中看到了一个熟悉的身影，妻子矗立在桥头，眼里泛着泪花，待他走近，放声痛哭。

老周大声说道："哭什么哭，我不是好好的吗？"说完，紧紧拉住了妻子的手……

张亚辉想到了新婚的妻子，心想着，安定下来就打个电话问问耿达那边的情况。和他想法一样的人还有很多，都记挂着要给家里的人报个平安，但谁都没想到，所有的通信和电力，在山崩地裂的那一瞬间就已经被切断了。更令人感到无助的是，由于卧龙特殊的地理位置，猛烈的地动山摇造成通往外界的公路被掩埋，熊猫之乡已经成了孤岛。

距离核桃坪7公里的沙湾，瓦砾残破中，临时搭起了花花绿绿的棚子，安置着灾难中幸存的人们。

这时候，大家才从电台里知晓，下午的那场山崩地裂，来自一场8级左右的特大地震，震中就在距离卧龙沙湾直线距离不足20公里的汶川县映秀镇。听说，繁华的映秀镇几乎已经变为平地，距离不远的都江堰市也是大量房屋倒塌，很多很多人被埋在了废墟里。听说，地震使龙门山一带的什邡、绵阳和北川伤亡惨重……

人们谈论着地震的威力，相当于多少吨的炸弹爆发出来的能量，又有多大的破坏力。感叹着生命的脆弱，忧虑着远方的家人、孩子。

然而，生活还得继续。为熊猫宝宝们冲好奶，看着它们像往常一样舔干净盆底，大家又牵挂起饲养场那些在残垣破壁中的熊猫们。

余震频繁，飞石不断，它们会不会害怕？消失不见的毛毛、圆圆、茜茜，它们此时会在哪里，安全吗，害怕吗？

家里的亲人看到了新闻，打不通电话，该有多担心啊！在外上学的孩子们，如果联系不上父母亲，他们该怎么办！尤其是在都江堰上学的孩子啊，安不安全，父母心急如焚！

此时出差到了成都的张和民，万分焦急。谁也阻止不了他拼命往回赶。从都江堰通往映秀的路，已经中断。车不能走，那就弃车步行。坍塌的山体，倾倒的房屋，逃难似的人们，扛着锄头，坐着冲锋舟逆行的子弟兵，看见一路悲惨、一路救援，张和民不禁热泪纵横。大灾大难面前，他数度哽咽，更为深山里的卧龙担忧。我朝夕相处的同事们安不安全？熊猫安不安全？他心急如焚，面对阻挡去路的宽阔的堰塞湖，内心悲痛难忍，却又无可奈何！

…………

卧龙夜里下起了瓢泼大雨，雨水打在彩条布上，哗啦啦的巨响和无尽的担忧，让挤在一堆、和衣而卧的饲养员们难以入眠。

第二天，消失的大熊猫并没有回到饲养场。饲养场负责人李德生决定主动出击，到野外去寻找。

野外寻找大熊猫谈何容易！高山连绵，密林辽阔，地震带来的山体松动，大滑坡随时可能发生，更不要说冷不防飞出来的要人命的石头。

徐娅玲始终相信，圆圆会自行回到饲养场的。她说这是心灵感应。果不其然，几天后，正当人们在密林中翻山越岭、寻找失踪大熊猫的时候，圆圆灰头土脸地回来了。徐娅玲抚摸着它因为饥饿双腮变得狭长的脸，说道："这次你终于自由了哇？"后又抹着眼泪，嗔怪道："谁叫你乱跑的，把我吓惨了！"

相比而言，毛毛和茜茜，与饲养员之间，似乎就没有这么强的心灵感应。

　　毛毛已有身孕，估计走不了多远。按道理，身形娇小的它，在野外这么多天，也应该回来了。人们不得不作最坏的猜测，毛毛可能已经遇难。原本还担心毛毛死去的何长贵，反而不同意大家的观点。既然圆圆都能活蹦乱跳地跑回来，年长一些的毛毛当然也能跑回来。

　　正值青年时期的茜茜，不仅是准妈妈，还是一只美貌与胆量共存的大熊猫。它突然消失得无影无踪，不由得让大家猜测，它会不会跑到外面的森林里不想回家了？李德生带领杨长江，还有经验丰富的魏荣平、黄炎等人，从核桃坪后山开始搜寻。

　　野化培训场里出现了野生大熊猫活动的痕迹，从泥土里的脚印，鹅黄色的纺锤形粪便，人们判断，这是一只雄性野生大熊猫，并非茜茜，也非毛毛。

　　这里是全世界首只参加野化培训，然后独立走向大自然的圈养大熊猫——祥祥的故居。祥祥这样经过严格野化培训的圈养大熊猫在野外也不能顺利生存，更不要说从来没有到过野外的毛毛和茜茜了。

众人为失踪的两只大熊猫捏了把汗。

幸运的是，几天后，人们在另一个山谷发现了茜茜的身影。历经千难万险，人们通过麻醉、用铁笼子转运的方式把它带回了饲养场。

然而，毛毛就没有那么幸运了。推开巨石，毛毛长眠在泥污和着的血水里。很显然，巨石滚落直接要了毛毛的性命。无论何长贵怎么呼唤，它都不会再听见。何长贵在河边起了一座坟。虽然饲养场里食物紧缺，他还是找来了一个苹果，放在坟头。这是毛毛生前最喜欢吃的东西，甜甜脆脆……何长贵几度哽咽，喃喃地说："毛毛，你和你的孩子一路走好。"

卫星电话接通后，和许多人一样，张亚辉给家里报了平安。但十几公里外的妻子仍然联系不上，和卧龙一样，耿达也成了孤岛。只是听翻山过来报信的人说，耿达有伤亡，中学某某老师死亡，某某老师受伤，妻子目前安全，他悬着的心才稍稍放了下来。

直升机来了，把伤员运走。除了人们冒着余震危险，从家里搬出来的米面粮油等物资，外界的物资也逐渐到达。帐篷取代了临时搭建的塑料布棚子，简易的板房也开始搭建……正常的生活和工作秩序正在慢慢恢复。但是，严重缺少的竹笋、竹子等熊猫食物，以及余震摇晃中仍然在垮塌的山体提醒着人们，饲养场的一切并未回归正常。

张和民从直升机上走下来。今天，在成都凤凰山机场，他终于挤上了到卧龙救援的直升机，回到了卧龙。看着在圈舍里眼巴巴望着人们、乞求人们给予食物的大熊猫们，他眼眶湿润了。他决定尽早转运大熊猫。

第一批转运出卧龙的是8只奥运宝宝，它们坐着大货车，翻越海拔将近5 000米的巴郎山和夹金山，经过十几个小时的长途运输，在相对安全、受地震影响小的成都借住。

8月中旬，第二批转运的大熊猫即将出发，前往饲养场的另一个分基地——雅安碧峰峡。这一次，饲养场所有的大熊猫，包括成年的，和幼儿园里的大熊猫宝宝们，都将离开这个让它们受到了惊吓的地方，而陪伴它们的则是饲养场里的饲养员们。这一天，卧龙的居民们聚集在满目疮痍的饲养场的大桥上，问张和民，大熊猫们还会回来吗？

张和民说："大熊猫一定会回来的！"

巴郎山垭口下着大雪，望着车窗外，山舞银蛇，张亚辉的思绪回到了当年翻越秦岭的情景。未知的旅途，未知的未来，还有许久未见面的妻子，在他的脑海里交织翻腾……

chapter 8

第八章　它只有三只脚

　　要不了多久，水秀即将临产。虽然它会带孩子，但董礼还是心疼它的不容易。

PANDA

夏天的神树坪，像一个巨大的绿色弧形沙发。深绿色耸立着的青山是沙发靠背，在蓝天白云的映衬下，毛茸茸的，又似一只匍匐在地的熊猫的脊背。淡绿镶嵌着白色、宝石蓝的是平坦、宽阔的沙发座位，柔软又精致。座位下一条小河蜿蜒流淌，汇入大河，流进岷江。

在四川的山区里，人们通常把峡谷里隆起的、稀有的大块平地称为"坪"。

神树坪，自然是有神树生长的平地。传说很早以前，平地上有一个小小的村落，村民勤劳善良。一天，一个拄着拐杖的白胡子老头让村民们赶紧搬走，说这里不久之后就会发生大地震。大地震将导致平地下沉，山间湖泊倾泻，方圆百里会是一片汪洋。村民们谁也不愿意离开自己的家乡四处流浪。见老人家仙风道骨，村民们纷纷央求他指点迷津，让村子不受灾殃。白胡子老头将拐杖插进泥土里，说七日之后，若拐杖发出新芽，村民们可以安居乐业。反之，村民们就要立即搬离这个地方。七天之后，拐杖发出了新芽，村民们欣喜若狂，每天都为拐杖浇水施肥。不久后，拐杖长成了一棵大树，慢慢地，大树旁边又长出了七八棵小树。村民们感念白胡子老头搭手相救，把所在村庄命名为"神树坪"。

好似真的有神仙护佑，2008年的特大地震，虽然距离震中直线距离只有几公里，但与滑坡似"癫痫头"的相邻山峰相比，这里依然青山绿水，并没有受到多大影响。

地震前，随着大熊猫繁育难关的攻克，张和民和他的团队就把目光放到了神树坪往上的黄草坪——天台山一带，谋划着建一个更宽阔的饲养场。他们的梦想，是要让大熊猫们住得更宽敞。

2014年，随着大熊猫们回到卧龙，入住神树坪，这个梦想已然实现。那绿色沙发座位上的白色部分，就是大熊猫的圈舍；那宝石蓝，则是饲养场里一个个供熊猫饮水的小水池。

　　那些在地震后送别熊猫的乡亲们，在距离核桃坪10余公里外的神树坪迎来了心中的宝贝。而神树坪为国宝们腾退土地、集中安置到附近的村民们，站在崭新的饲养场里，看着熊猫圈舍旁边那几棵郁郁葱葱的神树，洋溢着满满的高兴和自豪。他们说，神树坪这样的福地，有了国宝的加持，更是福上加福！

　　大熊猫们显然也很喜欢自己的新家。

　　"呀！大熊猫在洗澡！"戴着眼镜的年轻妈妈兴奋地喊道，"儿子，快来看，快来看！快点嘛……"胖乎乎的小男孩跑到妈妈身边，十分惊奇地看着正在水池里玩水的大熊猫。只见它一会儿用前肢一前一后有节奏地拍打着水面，一会儿又在水里打滚儿。水池比这只大熊猫的体型大不了多少，溅起的水花在阳光下闪着晶莹的光。

　　这样的景象立刻吸引了一大帮游客，他们站在围栏边纷纷举起手机、相机，欢呼着又是拍照又是录像。

　　兴许是受到人们的鼓励，水池中的熊猫站起身来，它试图给人们更大的惊喜。

"它只有三只脚！"男孩指着站起身来的大熊猫大声喊起来。

"哎呀！"人群里爆发出惊奇的叫声。

从水池里站起来的大熊猫缺失了左前掌！

除了走路一瘸一拐以外，这只大熊猫的平衡能力依然很强。它在草地上就地打了几个滚儿，又顺势跳起来，来了个后滚翻……

人群又被大熊猫的萌态所吸引了，喝彩声此起彼伏。

水秀这是怎么了？眼见一群人在围栏外惊呼。从山坡下走来的董礼有些摸不着头脑。水秀平时看起来又安静又文静的，今天是要卖个什么萌？

等到他走近，见湿漉漉的水秀还在蹦跳着，哪里还有"淑女"的样子？

董礼唤了声："水秀——"虽声音不大，但水秀很快安静了下来，眼神似乎有些呆滞，嘴里发出"咩咩咩……"的羊叫声，转身走进了灰白色的内圈。

大熊猫居然能模仿羊的叫声？人们感到很新鲜，议论纷纷。但随着水秀的离开，大家也就散了开去。

看着水秀慢慢吞吞地走进内圈，董礼心里"咯噔"一下，从3月到8月，算算日子，也是差不多了。

　　第二天早上，董礼和另一名饲养员打扫运动场。清理了散落的竹竿和竹叶，以及纺锤形的粪便。董礼在运动场的西北角，发现了水秀用竹叶、枯树枝，还有新鲜的嫩草搭起来的、面盆大小的巢穴。董礼肯定了心里的判断。从昨天水秀的"疯闹"行为，发出"咩咩"的羊叫声，以及眼前的"窝"，水秀这是又要当妈啦！

　　把新鲜的竹笋和窝头从厨房里拿出来，再来一个新鲜的苹果对半切开，带上一颗维生素，董礼哼着小调要去给水秀送食物了。自从怀孕，水秀就是重点保护对象了，这样的工作董礼虽重复了好几百遍，却是乐此不疲。尤其是水秀很快就要产下小宝宝，着实让他有种成就感，比自己儿子出生还高兴呢！

　　董礼是土生土长的卧龙人，他和弟弟董超都在饲养场工作。他的父辈们总是说，卧龙的年轻人比山外很多地方的年轻人要幸福。不仅因为这里分布着大熊猫，还因为建立了大熊猫饲养场，让他们的这些当地的年轻人，有机会留在自己的家乡，从事很多人羡慕的国宝研究工作。

董礼认为自己和那些山外的年轻人，并没有什么大的不同。同样是建设自己的国家，创造更好的生活，除了自豪感，更重要的是要有责任心。他也明白，身处大熊猫的栖息地，卧龙人的动物保护意识较强，即便庄稼地被野生动物糟蹋了，也不会猎杀它们。随着饲养场"熊猫苑"的开放，年轻的一辈有的进了饲养场工作，有的搞起了农家乐，有的售卖土特产，生活渐渐好起来了，以前父辈们上山打猎、挖药补贴家用的时代一去不复返了。

熊猫内圈的铁栏外，董礼递给水秀新鲜的竹笋，看着水秀"嘎嘣嘎嘣"地咬食着竹子，董礼摸了摸它的头，和水秀说起话来。

"水秀，你又要当妈妈了。"董礼说，"我们来猜猜，是生个男孩，还是女孩？哈哈哈，说不定咱们还能来个龙凤胎，少爷、千金都有了呢！"

"嗯！"水秀回答。

董礼把椭圆形的、乳白色的维生素药片夹在切开的苹果里，递给水秀，说："来来来，多吃点，我们可要为生小宝贝多储存点儿能量。"

"唔！"水秀又回应了一声，接过脆甜的苹果，优雅地往嘴里送。

董礼的眼睛停留在水秀搭在铁柱上的断掌上。心里又对这只听话的、乖巧秀气的大熊猫多了几分怜爱。水秀可是一只经历不同寻常的大熊猫。要知道，它刚来饲养场的时候，连苹果都不吃呢，要不是有李仁贵的巧妙办法，估计现在水秀还不知道苹果是啥滋味呢！

突然想起了同事李仁贵早上打来的电话，忙对水秀说："对啰，你的老朋友仁贵很关心你！问你大概什么时候产仔呢！"

听到李仁贵的名字，水秀吃苹果的动作顿了顿。董礼不禁笑了，看来水秀真是很通人性，不枉仁贵心疼它一场。

水秀和李仁贵的故事发生在2008年。

那年3月，在岷山山系的毛竹林里，一只小小的，左前肢腐烂，感染严重，奄奄一息的大熊猫，被当地村民发现。为了挽救它的生命，人们把它送到了雅安碧峰峡的饲养场。这只大熊猫，经过截肢手术后保住了性命，留在了饲养场，成了野生血统的圈养大熊猫。见它体型纤柔，毛色光亮，面庞清秀，人们为它取名水秀，寓意水灵清秀。

那时的水秀才三岁多一点。在大熊猫的世界里，它还处于从少年成长为青年的美好时期，人们称这个时期的大熊猫为亚成体。

水秀是幸运的，如果不是被人们救起，它的生命就会戛然而止。更幸运的是，它留在了饲养场，遇到了李仁贵。

"还疼吗？"摸摸水秀的脑袋，刚参加工作的李仁贵，柔声细语地问。

水秀安静地坐着，背靠在墙壁上，裹着纱布的左前肢搁在长满白色毛发的肚皮上，右前肢盘在胸前，眼睛微闭，鼻翼翕动。

它并不打算搭理李仁贵。此时，它更像一个正在闭关打坐的智者，不与人语，高深莫测。

虽然得不到水秀的回应，但李仁贵仍能感觉到，伤口愈合初期，神经与细胞碰撞时产生的火辣辣的疼痛。要知道，小时候自己膝盖上破块皮，都会在半夜被痛醒睡不着。他感同身受，不自觉地呼了一口气。

怎么能减轻水秀的痛苦？

李仁贵想起了当家里有人生病时，父母忙着炖鸡汤，熬米粥，就是要让病人快点好起来。对，要想身体恢复得好，当然要保证足够的营养才行。

熊猫的食谱里没有鸡汤和米粥一说。怎么办呢？当然是把饲养场最好、最有营养的窝窝头端过来，切成块状，一小片一小片地给水秀喂食。

刚刚出炉的窝窝头，热气腾腾，散发着诱人的香气。李仁贵掰了一点儿送进嘴里，香味就充溢到了口腔的每一个角落，除了口感没有想象中的绵软，他认为，这毫不逊于那些摆放在橱窗里、出现在宴会上的精美糕点。

水秀用鼻子闻了两下，轻轻地扭过了头，让李仁贵大失所望。

除了新鲜的竹子，水秀似乎不接受其他的食物。

没道理啊，野外可没有这么精细、珍贵的东西，李仁贵十分疑惑。既然不吃窝窝头，那么饲养场里大家都喜欢吃的苹果，水秀该不会拒绝吧？但是，水秀还是拒绝了。

这可如何是好？李仁贵有一种深深的挫败感，晚上翻来覆去睡不着。"以前以为饲养大熊猫应该是很简单的工作，怎么就这么难呢？不能被这么一点儿困难难倒，一定要多一点儿耐心。会不会因为水秀受过伤，心里有了戒备，所以只吃熟悉的食物？"他想。

还真是急不来！

为了让水秀能接受更有营养的食物，李仁贵天天陪在水秀身边唠嗑，从爱吃东西的熊猫才能长得膘肥体壮到挑食不好要生病的道理，从换药虽然痛但有利于伤口恢复，从身体健康到人生理想，他海阔天空地说着。虽然水秀并不能说话，但却是一个很好的倾听者。听得"烦"了，头就枕到右前肢上呼呼大睡。

这样的状态持续了两三天，李仁贵把红彤彤的苹果切成薄片，让香甜的味道充分散发出来，缓缓递到水秀的嘴边。一边和它说话，一边引诱水秀张口。对李仁贵已经较为信任的水秀先是鼻子嗅了嗅，又犹豫了一小会儿，才伸出舌头舔了舔，又舔了舔，最终接受了苹果片。李仁贵开心极了，乘胜追击，不知不觉间，一个苹果，水秀就吃完了。

如法炮制，李仁贵用这样的方法让水秀也学会了吃窝窝头。足够的营养为水秀恢复健康起到了莫大的作用。在人们的照顾之下，它和人变得很亲近，也慢慢接受了失去了一只手掌的现实。照顾过它的饲养员都说，它是饲养场里最漂亮的熊猫，也是最温顺的熊猫，因为它对谁都有一副好脾气。

后来，水秀成年。它在饲养场遇见了它的爱情，从2010年开始，它步入了熊猫妈妈的行列。

地震后，随着神树坪饲养场的落成，水秀和其他大熊猫一起来到了这里。由于李仁贵有新的任务安排，已经不再担任水秀的饲养员。新的饲养员们对水秀也是钟爱有加，随水秀回到神树坪基地的董礼就是其中之一。

如今，水秀已经是十几只熊猫幼仔的英雄妈妈了。董礼觉得自己能照顾这只不幸又幸运的大熊猫，内心总有一种使命感。

来回走动，"咩咩"的羊叫声，在水池里玩闹，在内圈里筑巢……随着雨季渐渐进入尾声，水秀就要临产了。它的家也从山坡上搬到了繁殖场。

繁殖场的形状有点像福建的土楼，一个圆形的大屋子里被分割成了若干个单间。这里有许多待产的大熊猫妈妈，就像医院的妇产科一样。神树坪的负责人张贵权，笑称这里是大熊猫妇幼保健院，专门负责熊猫妈妈的身体健康和生产。

要不了多长时间，待山坡上的绿色变得莹润欲滴，间或有一两片绿色转成淡淡的红黄色，饲养场收获的季节就来临了。

水秀在等待那一天。

董礼也在等待那一天。

第九章　体重只有成年熊猫的九百分之一

　　刚出生的熊猫幼仔是粉红色的，身体上覆盖着稀疏的白毛，没有眼睛和耳朵，更没有大熊猫圆滚滚、胖乎乎的样子。别看它一两百克的身体柔柔弱弱，但叫声却异常洪亮。幼仔出生坠地发出的第一声叫声，会让新手妈妈吓一跳，手足无措地远离这个"怪物"。

PANDA

大山里，夏夜如同深秋的夜一样寒凉。清冷的路灯下聚集了许多山里特有的小飞蛾，它们在光源周围飞舞，最后精疲力尽摔落到地上直至死亡。

　　而饲养场正是迎接新生命的时候，也是每年最忙碌的时候。

　　监控室里，雪白的墙上，一块大屏被分为了多个小屏，看起来就像一块白布上画了许多的小方块，每个方块里都是一只大熊猫准妈妈。无论是吃竹子补充能量，还是来回走动，或者用手掌赶走飞舞的蚊蝇，不管谁动一动，都比平时更能引起饲养员们的注意。这些在黑夜里紧紧盯着屏幕的人，生怕错过一个细微的环节。倘若有一只大熊猫有了生产行为，其中的小方块就会迅速被放大，这样可以清晰地看到熊猫妈妈羊水有没有破，幼仔有没有露出头来。但凡有一只熊猫妈妈有了即将诞下宝宝的动作，饲养员就要兵分两路做好准备了。

凌晨两点多，谭成斌打了个大大的哈欠，把头靠在木头椅子上，缓解长期保持同一姿势给颈椎带来的不适。如果再熬到天亮，就连续两个通宵了。他饲养的阳花，十几分钟前就频繁地来回走动，看起来有些烦躁。此时，它背对着镜头，使人看不出面部表情，这更令人担心。以前，在人工圈养条件下，有些熊猫妈妈会被宝宝洪亮的叫声吓得躲在墙角瑟瑟发抖，甚至还有的熊猫妈妈认为自己生产的宝宝是超级大怪物，一手掌下去就把幼仔拍死了。还有的熊猫妈妈会因为不小心的移动误伤了熊猫宝宝。

在森林里，野生大熊猫妈妈会选择树洞等比较隐蔽和安全的地方生产。迄今为止，还没有人亲眼见过熊猫宝宝最初脱离妈妈产道是什么样子。但在饲养场里，人们很幸运地拍摄到了一只叫英英的大熊猫生宝宝时的照片：在大熊猫妈妈的下腹部，一只粉嫩的熊猫宝宝露出了半个身子，它看起来一点也不漂亮，甚至有些丑陋，分不清哪里是头，哪里是身子。后来有监控设备了，把摄像头装在熊猫的圈舍里，监控大屏放在几米远的另外一个屋子里，饲养员观察大熊猫生孩子的样子就非常方便了，这也为后来人们帮助大熊猫妈妈抚育孩子的人工育幼打下了基础。

同为卧龙人的谭成斌，想起刚到饲养场的时候，一堆人挤在不到10平方米的监控室里，守在29英寸电视机大小的监控屏幕前，不管是哪只大熊猫顺利产仔，监控室里都是震耳欲聋的欢呼声。那时，一日三餐都守在饲养场里，饿了就来桶方便面。迄今想来，当时的康师傅方便面加上涪陵榨菜，再来根美味火腿肠，算得上是人间美味。而今新修建起来的饲养场，大屏将所有的摄像头采集到的图像，集中整合到一个屏幕上，让大家能关注到每只临产大熊猫妈妈的生产情况……这十几年的变化，跟每年大熊猫宝宝出生和成活数量是密切相关的。不得不说，大熊猫接生和养育的问题得到解决之后，圈养大熊猫种群数量的增加似乎就没有大的难度了。以后将这些熊猫宝宝们放到大自然里，哈！那么我们的使命也就完成了。以后，子孙后代提起来，咱也是功臣之一呢……

画面似乎抖动了一下，把正在为大熊猫家族谋划未来的谭成斌拉回到现实中。他凑近屏幕定睛一看，阳花的身体真的在动。

"呵！哈！有动作了！"谭成斌连忙抓过鼠标，将其中的一个小方块放大。此时，阳花的背部有些轻微的起伏，和人的呼吸频率差不多。谭成斌判断，这种有规律的动作，预示着阳花正在收缩、挤压产道——努责。要不了多久，一个新生命，不！说不定是两个新生命就要降生了。

"董哥，你帮我看看，是不是要生了？"谭成斌揉了揉布满血丝的眼睛，问凑过来看画面的董礼。

"估计还有二十来分钟。"董礼回答。

作为具有丰富经验的熊猫"接生婆"，董礼的答复一点儿没让谭成斌感到怀疑。

谭成斌突然兴奋起来，这种兴奋赶走了大脑神经因连续运转带来的疲惫不堪。他拿出笔在本子上详细地记录着阳花的行为。此时，阳花临产的每一个动作都会成为他观察记录的重点。

我们饲养场的秋收季到啦！受到谭成斌情绪影

响、同在值班的陈建斌问："董哥，水秀是不是也快了？"

还早。

董礼一边回答，一边把目光转回到了在繁殖室内来回走动的水秀身上。由于左前掌缺失，水秀走起路时的"内八字"特征更加明显，一瘸一拐地总是让人很心疼。也许是因为野生大熊猫的缘故，水秀的身形比那些待产的熊猫妈妈小了整整一圈。但水秀的毛色却始终是干净整洁的，白色的皮毛洁白如雪，黑色的皮毛则漆黑如墨。这大概源于它爱干净的习惯，在圈舍里，它拉出的粪便都集中在一小侧，其余地方则是干干净净的，哪怕是吃竹子，它也会把残渣尽量清理集中在一个地方。

董礼在心里估计着水秀生产的时间，从现在的来回走动，到进食，到破羊水，再到努责生产，可能还有好几个小时。但也不能怠慢，万一就提前生了呢，有些熊猫总是不按规则出牌的。他心里想着，又反复推算了下，内心始终觉得不会这么早就生了。他不记得这是多少次估算熊猫妈妈的生产时间，又想起妻子生儿子时自己都没有这般估算时，就不禁哑然失笑。

想着，想着，一阵困意袭来，董礼打了个哈欠。受到董礼的影响，聚精会神看着监控大屏的谭成斌也打了个大大的哈欠。

"这哈欠真的是传染人的……哦……啊"，旁边值夜班的陈建斌受了董礼和谭成斌的感染，也打了个大大的哈欠。

"快生了！接生结束后就可以睡会儿了！"谭成斌说。

谭成斌的话似乎很灵验，阳花起伏的背部突然不动了。

十几分钟后，大家围在围栏外，等来了新生命的降生。

伴随着一声响亮的叫声，一个非常细小的家伙从阳花的身体里刺溜一下喷了出来。随之而来的是一声洪亮的叫声"啊——"

地上有一小摊血，和鲜红的血液相比，熊猫宝宝粉嫩的身体特别明显。它在地上没有方向感地撑爬着，看不出眼睛、耳朵。它张开嘴继续发出洪亮的声音，

似乎在寻找妈妈。

"真是想不到，这么个大家伙，生个娃娃这么小！"虽然历经多次熊猫产仔，陈建斌还是禁不住发出感叹。

谭成斌"嘿嘿"一笑，说："当然了，成年大熊猫一两百斤的体重，有的两百多斤，熊猫幼仔一般只有一至二两，有的刚好只有一两重。"

这就是熊猫的神奇之处了。又一个有名的熊猫"接生婆"——董礼的亲弟弟董超接过话题："幼仔体重只有妈妈的八百分之一，或者九百分之一，有的时候还有可能是千分之一。"

　　"也不知道古代的熊猫是不是也这样呢？"陈建斌望着手里拿着一块叠得整整齐齐的白毛巾的董超，似乎若有所思，说："要是咱能把这也研究出来，那可不得了。"

但董超的注意力已经全部集中在刚刚生下来的幼仔身上，顾不上理他了。

大家挺担心阳花和它刚刚才呱呱坠地的孩子。

而阳花对这种状态已经习以为常，虽然它是圈养的大熊猫，但在第一次生孩子之前，饲养员们就教过它带孩子的本领，更何况现在它已经生过好几个宝宝了。它要用实际行动告诉大家，那些熊猫产仔带仔的电影它不是看了就忘的，它早已经有了面对"大风大浪"的经验，绝不是手忙脚乱的新手妈妈！

只见它慢吞吞地站了起来，张开嘴，把在地上"哭闹"的幼仔叼了起来。然后缓缓地坐下，低下头，把幼仔轻轻放在毛发柔软的胸膛上，然后用左前肢紧紧地把幼仔搂在了怀里。原本还发出洪亮叫声的小家伙在妈妈宽厚温暖的怀里安静了下来，很快找到了妈妈的乳房，开始吸吮香甜的奶水。

"漂亮！"

"巴适！"

"好！"

…………

大家不由自主地蹦出这些简短、又很有力量的词语。

疲惫的熊猫妈妈似乎能听懂这些赞誉，专注哺乳的它也会偶尔抬起眼皮看看这些和它朝夕相处的饲养员们，眼神非常温顺、温柔。

"就没有了？不会吧？"谭成斌喃喃自语，"阳花前两胎都是双胞胎，这次难道只生一个？"

"可能还有，不要着急。"超级熊猫"接生婆"、也是神树坪"熊猫妇幼保健站站长"张贵权说。

张贵权大学毕业就到中国大熊猫保护研究中心工作，从一头乌黑的头发到一头白发，三十多年弹指一挥间。三十多年前，饲养场里产下了第一只人工圈养的大熊猫幼仔，作为亲身参与者，他的任务就是为幼仔接生，同时，还要帮熊猫妈妈带孩子。

现在的张贵权，早已是大熊猫育幼界的大专家。几十年的历练，他已经积累了丰富的"临床"经验，是一个受人景仰的熊猫"妇产专家"。他的话，无疑给了谭成斌和现场饲养员一颗定心丸。

果不其然，四十多分钟后，原本正在哺乳的阳花神情变得紧张起来，它又开始暗暗使劲了。

又一只熊猫宝宝降生了！仍然是洪亮的叫声。

听到叫声，阳花瞟了一眼在地上拱爬的粉嫩的小身躯，弓起身体准备用嘴把孩子叼起来。可是它很快发现了怀里的大孩会掉到地上，犹豫了一小会儿，它自顾自地低下了头，仍然专注地抱着先生下来的"大孩"。看起来，它对和"大孩"一样弱小的"二孩"没有要理睬的意思。

这就是先出生和后出生的区别！张贵权看着暗灰色地板上拱动着的粉红色大熊猫幼仔，放低声音对大家说："先入为主，很显然，妈妈选择了大仔。"

在熊猫的世界里，一般情况下，如果生的是双胞胎，熊猫妈妈只会带一个孩子。这是优胜劣汰的自然规律，也是物种生存延续的需要。只有它选择了的那一只才有机会成活下去。而被熊猫妈妈遗弃的那一只，几乎没有成活的希望。

"别怕！小宝贝……"董超边说边蹲下身来，在围栏外边密切关注着阳花的动静。

差不多了。张贵权拍了拍董超的肩膀。董超迅速站起来，右手拉开铁门的时候，左腿已经跨进了圈舍，三步并作两步，一个长伸手，不到30秒的时间，就让正在地上"哇哇大哭"，得不到母亲垂怜的幼仔放进了洁白柔软的毛巾里。配合默契的曾文把蓝色的塑料箱子递了过去，董超把幼仔放进箱子里，几个人坐上电瓶车，风驰电掣般地消失在夜幕中。

在野外，大熊猫妈妈生下双胞胎后，被遗弃那只幼仔没有活下来的希望。但在饲养场里，不被妈妈照顾的幼仔，人们会替熊猫妈妈照顾它。

而这样的照顾，并不轻松。

为了养活被熊猫妈妈遗弃的幼仔，人们喂过牛奶、羊奶，还专门熬米汤喂养，但不幸的是，熊猫宝宝都不能成活。后来，人们意识到可能只有熊猫妈妈的奶水，而且是刚刚生产时的母初乳才能让宝宝活下去，于是开始了一项极富挑战性的工作——人工挤奶。

这可是一件非常危险、关乎性命的事情。

尽管大熊猫又萌又可爱，但它会攻击人却是不争的事实。尤其是刚刚生下孩子，正处在哺乳期的大熊猫。与生俱来的母性，让它不允许任何人靠近自己，因为在它的认知里，人或者其他物种的靠近都可能会给熊猫幼仔带来伤害。

此时，阳花正背靠着墙坐在地上，舔舐着怀里的孩子。大概是生产消耗了它很多能量，阳花微微张着嘴带动着两腮饱满的肌肉，发出沉重的呼吸声，显得有些疲惫。

杨长江拿着小小的试管一样的盛奶的容器，走了过来，他的后面还跟着个端着不锈钢盆子的小伙子。不用说，他们应该就是要去取出熊猫妈妈奶水的人了。

张贵权揽了揽杨长江的肩膀，说："你们小心点儿。"

杨长江点了点头，一边轻声地呼唤着阳花的名字，一边慢慢走进圈舍，端着不锈钢盆子的小伙子紧跟其后。

阳花对杨长江的呼唤似乎有所警觉，它的两只耳朵竖了起来，被黑眼圈包围着的小黑眼珠瞅了瞅杨长江。

见阳花只是看了看自己，杨长江亦步亦趋。

突然，阳花挪了一下屁股，似乎有要起身的意思。

这可是一个危险信号，杨长江赶紧停下了脚步。圈舍外的人都紧张地盯着阳花，生怕它会站起来发出攻击。

"阳花，阳花，来喝糖水了，甜得很。"杨长江发出愈发温柔的呼唤。

端着盆子的小伙子把盆子递了过去，"乖乖，辛苦了，喝糖水。"

糖分子香甜的味道在空气中散发，嗅觉灵敏的阳花早就闻到了。这端到自己嘴前的糖水可不是谁都能吃上的，对熊猫家族来说，这可是稀缺食物。疲惫的它正需要补充能量，没理由放弃这大好的进食机会。于是，它埋下头"咕嘟、咕嘟"地喝了起来。

见阳花开口喝糖水，杨长江轻轻拨开阳花的毛发，一手轻柔地试探，一手把试管凑了过去。阳花没有抵触，乳汁从阳花的身体内流向了精巧的试管。

笼门外一片静默，大家的手里都捏着一把汗。

很快，有着清晰刻度的试管显示乳汁到达了指定数量，为了给阳花怀里的大孩留足口粮，长江拧紧试管蓝色的盖子，慢慢退了出来。此时，阳花也把盆里的糖水喝得差不多了。

饲养员们迎了上去，接过盛着熊猫妈妈乳汁的试管，准备把它送到育幼室，去喂那只嗷嗷待哺的熊猫宝宝。

此时，杨长江才有机会腾出手来，擦去额头上的汗水。

"长江，唐华……"张贵权揽着两个人的肩膀，此时无声胜有声。

陈建斌拉了拉杨长江后背上被汗水浸湿的白色T恤，说："这是真的用生命在工作啊！还好，阳花表现还好。"

杨长江说："阳花不是第一次生产了。去年它生双胞胎的时候，我也为它挤过奶。可能它还有这方面的记忆，知道我们是为了喂养它的孩子，也不会伤害它。所以一般情况下是没有危险的。但最重要的，还是爱心饲养培训的效果，让它们的心里有数得很呢！"

"大家都休息下吧！抓紧时间眯一会儿。"眼见着东方天色"鱼肚"发白，作为管事的张贵权对忙碌了大半宿的饲养员们说。而他则要去育幼室看看刚刚来到这个世上的小家伙。

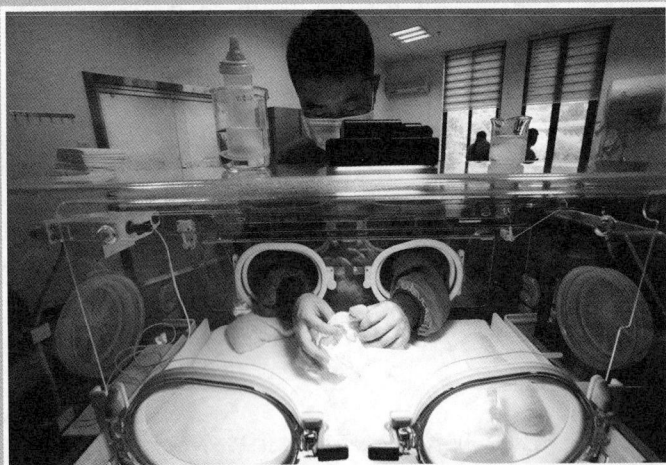

人工育幼

　　灯火通明的育幼室里，温度设定保持在大熊猫宝宝感觉最舒服的20多度，再配以恒温箱和温暖的被子，人们模仿熊猫妈妈哺育的温度和环境，为熊猫宝宝营造了最为温暖的"熊"生港湾。

　　这里已经住着好几只熊猫宝宝了。它们大多都躺在恒温箱里盖着被子蒙头大睡。

　　大熊猫育婴师曾文把刚刚接来的熊猫幼仔从育幼

箱里取了出来，向张贵权报告着新生幼仔的情况：体重183克，体长15.6厘米，性别雌。

这只刚从母体剥落下来的小生命，粉嘟嘟的皮肤上覆盖着一层柔柔的白毛，看起来娇嫩弱小。它的脑袋光秃秃的，看不到鼻子眼睛耳朵，嘴巴却特别大。最明显的是它的尾巴，占了整个体长的三分之一。

这外形似乎有些丑，再加上半长不短的脐带，很难让人将它和漂亮的熊猫妈妈联系起来。

"啊——"熊猫幼仔突然发出了洪亮的叫声，把大家吓了一跳。

曾文一边把幼仔放回育幼箱，一边笑着说："看来，我们要为小家伙喂奶才行啰！"

张贵权说，跟我们人小时候是一样的，婴儿一般都用啼哭来表达自己的需求，正常，正常！

曾文把淡绿色的熊猫初乳拿了出来，放在奶瓶里，一只手轻轻握住幼仔，一只手把奶瓶橡胶头伸向幼仔的嘴巴。幼仔本能地衔住了奶嘴，大口吃了起来。

大概是这只幼仔的叫声太过洪亮，惊醒了两三只熟睡的幼仔，也此起彼伏地发出了叫声。有只6月初产下的胖嘟嘟的、已经长全了黑白被毛的幼仔，在育幼室里间的地板上发出了"汪汪汪"的狗叫声，奶凶奶凶地要饲养员赶紧过去"关怀"一下。

同为育婴师的刘怀庭，担心再吵醒其他的熊猫宝宝，赶紧烧水冲奶，忙得不亦乐乎。

见此情形，张贵权换上育幼衣服，加入"奶爸"行列。每年大熊猫产仔季，育幼室的人手就十分紧张。在幼仔出生的黄金72小时里，可不能出现丁点儿差错，必须保证时时刻刻都有人照顾着，观察着。所以，育幼室的人在育幼季节吃住都在育幼室里，基本没有和家人相聚的机会，哪怕近在咫尺。

"这个月可能大部分熊猫都要生产了，实在不行，再从饲养场里调一些有育幼经验的人手过来。"张贵权说。

曾文内心也是很希望能够增加人手的，但饲养场里的每个饲养员都有要照顾的熊猫，工作量也不小，他沉吟了一下说："我们还能坚持，要是熊猫能集中在10月底前产完就好了。"

张贵权问："是不是怀庭爱人的预产期快到了？"

曾文说："听他说，大概就在11月份。"

"这熊猫啊，就是太有特性了。以后我们研究出更新的技术了，或许就能更精准地掌握熊猫的产仔规律。这样，也能便于科学安排值班和人手。"张贵权说。

…………

下一个午夜来临的时候，水秀的两只宝宝顺利出生。

水秀产下双胞胎不足为奇，令人惊奇的是它极强的母性。当老大即将出世的时候，背靠着墙壁的水秀有了一个前倾的动作。随着幼仔从产道挤出，水秀的嘴巴稳稳地接住了刚刚出世的大仔。然后，它低头把孩子放进了自己的怀里，用手臂牢牢地为小生命筑起了温暖的"窝"。动作之娴熟、之连贯，似乎已经演练了很多遍……将刚刚出生的孩子用嘴接住，这还是第一次见。更让人惊奇的是，当人们还在津津乐道水秀的母性和拿捏正好的力度时，水秀的二仔出生了。似乎早就准备好了，一样的前倾动作，一样的"稳"和"准"。水秀如法炮制，将二仔稳稳地抱进了怀里。

天啦！这是什么操作？

大家眼睛都看直了。

水秀才不管这些，它用右胳膊把孩子隐藏在怀里，稳稳地坐在墙角，闭着眼睛打着盹儿。

这一次，是真的让董礼犯了难。

第十章　保证把娃还给你

熊猫妈妈有时会产下双胞胎，但它通常只能哺育成活一个孩子。这种情况下，只有依靠人的帮助了。这可不是一件容易的事情！大熊猫繁育季，在饲养场的内圈里，"人熊大战"时有发生。

PANDA

轻轻推开铁门的那一刻，董礼就知道自己已经"暴露"了。水秀微微颤动的鼻尖，轻微抖动的眼皮，已经发出了明显的信号——莫要来惹我，正忙着坐月子呢！

　　前后左右望了望空空如也的地上，董礼转身端来了一盆葡萄糖水。甜，是人和大熊猫都难以拒绝的美好事物。空气中弥漫的甜香，让水秀睁开了疲惫的眼睛，伸出舌头舔了舔干燥的嘴唇。

　　董礼当然不会放过这个好机会，立即和跟随在身后的陈建斌交换了眼色。随后放慢脚步，来到了水秀的身边。

　　"水秀，水秀，来，喝甜水水了。"董礼把不锈钢盆递到水秀的嘴边，半蹲着身体喂水秀喝水。

　　疲惫不堪又饥肠辘辘的水秀迫不及待地把头伸进

盆里，咕嘟咕嘟一顿猛喝，一大盆水喝了一大半才抬起头，舔了舔得到湿润的嘴唇，似有许多话要和董礼说。

此时的陈建斌已经得手，手里握着水秀产下的不知是大仔还是二仔，连忙跑到了圈门外。

"莫慌，莫慌，咱们有的是。"董礼腾出一只手来摸了摸水秀的脑袋，拍了拍它的后背，心里有些愧疚。

直到董礼跑出圈门，水秀才惊觉孩子少了一个。它想站起来，怀里的娃又似乎已经安睡，无奈，只能"呜呜呜"地发出难过间夹着愤怒的声音，似乎在说："我这么信任你，你居然偷走我的娃！"

"过几天就还你，别担心，"董礼认真地说，"保证还给你，一定还给你。"

陈建斌感叹："水秀真乖啊！要是其他熊猫，估计要咆哮了。"

"当然啦！水秀可是全饲养场公认的最听话、最爱干净、最懂我们饲养员的熊猫！"董礼对水秀的赞美毫不掩饰，"不过，这次估计它挺伤心的！"

"才出生几个小时的孩子，就被你这个平常最亲近的人"偷"走了。我们是不是有点太……狠心了？"

陈建斌说。

"唉！这还是我干这个工作二十来年的第一回，水秀母性太强了。它想两个孩子都养活。但是，这样它会很辛苦的。不仅自己休息不好，孩子也带不好。再说了，圈养条件下，另外一只不都是我们帮着养的？"

陈建斌点了点头，说道："这是不按常理出牌啊！水秀应该弃仔一只才算正常。"

"我也以为它会弃仔一只，我在监控里看了很久，两只仔仔在它的怀里藏得好好的，所以只有咱俩配合'偷娃娃'了。"董礼说。

说到"娃娃"，陈建斌边走边说，也不知道这是水秀大仔，还是二仔。不过，体重重的就是大仔，体重轻的就是二仔。

董礼说，可能除了水秀自己，人根本就没有办法分辨出来谁是大仔，谁是二仔。那么，只有等到下次换仔，看看水秀怀里的宝贝是轻是重，才能给两只仔仔编号了。

两人这边说边走，准备把水秀幼仔送到育幼室。

突然，"嗷——"的一声野兽般的怒吼把两人惊到原地。

"糟了！"董礼连忙把电瓶车钥匙往陈建斌手里一塞，说："你送过去，我去看看。"转身往回跑。

在繁殖场的最里间，脾气凶悍的雷雷背靠着墙壁坐着，嘴里喘着粗气，鼻子里还在哼哼，仿佛在说："休想来抢走我的娃！你们这些强盗！"

"它有可能在骂我们。"抱着箱子的刘怀庭开玩笑似的对董超说："我觉着，咱们等它饿极了再来。"

双手交叉在胸前的董超尴尬地笑了笑，说："它就这样，五大三粗的，脾气还不好。"

　　"呼……哼！"似乎听懂董超说自己的不是，身形魁梧的雷雷不乐意了。它不会说话，怀里又有孩子，只能用竖耳朵的动作和发出"呼呼哼哼"的声音表达自己的不满。

　　雷雷两周前产下了一对双胞胎，二仔由人工养育。为了让大熊猫幼仔都能感受到母亲的温暖，饲养场会定期进行换仔。所谓换仔，就是将人工养育的那只幼仔还给熊猫妈妈，再把熊猫妈妈正在哺育的幼仔取出由育幼师养育。

　　今天是给雷雷换仔的日子。董超长期饲喂雷雷，坚信和雷雷关系够铁，约上刘怀庭带上雷雷幼仔，拿着几根胡萝卜就来了。哪知一颗"真心"刚到门口，就被雷雷一张臭脸和一声怒吼给粉碎了。

　　董礼跑过来，一看是弟弟董超饲喂的雷雷，什么都明白了。打开刘怀庭箱子里的小杯子，一股说不清道不明的味道扑鼻而来，董礼捏住鼻子说："你们这个也涂得太浓了吧？"

斯文的刘怀庭腼腆地笑了笑，说："这不是雷雷的仔吗？不多涂点雷雷的尿液，就怕雷雷不认啊！"

这倒也是。董礼深以为意，看了看董超手里的红萝卜，说："要不，换竹笋试试？"

董超拍了拍脑袋说："对哦，说不定生娃了口味变了，不喜欢红萝卜了呢？不能老喂糖水，牙可能会坏，以后吃不动竹子就麻烦大了。"

果然，竹笋一来，雷雷放松了警惕，对董超也有了一点儿好脸色。

董超把竹笋放在雷雷的鼻子边、嘴边。虽然饿了很久，但雷雷并不理睬，反而把孩子抱得更紧了。

董超用手在它的身上东拍拍，西拍拍，就想趁雷雷不注意把孩子取走。雷雷似乎知道这个动作意味着什么，低头紧紧护住孩子。但董超的手又在它抱孩子的手腕处活动，雷雷一不注意，孩子很快就被董超取走了。处在焦虑中的雷雷感觉怀里一空，立马站了起来，扑向董超。

"快！"董超大喊一声，随后逃了出来。刘怀庭迅速地把雷雷的另一个小仔拿了过来，隔着栅栏放到地上，雷雷赶紧把这个幼仔叼进嘴里，一屁股坐下，再把孩子放进怀里，又恢复了哺育孩子的姿势。

三个人都长吁了一口气。每一次给雷雷换仔，都是惊心动魄。

刘怀庭把雷雷大仔放进箱子里，准备把它带回育幼室喂养。但雷雷仔显然很不喜欢有淡淡消毒水味道的箱子，发出了尖厉的叫声。

"龙生龙凤生凤，耗子生儿就打洞！真是有其母必有其子！"董超嘟囔着。

"哈哈哈！你要好好掌握爱心饲养的精髓，多与雷雷沟通。这小家伙估计以后比它妈还厉害！"看得心惊肉跳的董礼火上浇油。

知之非艰，行之惟艰。要做到爱心饲养，尽最大可能和大熊猫进行情感沟通，并不是一件容易的事情。育幼室里的一群小家伙，就够让人头疼的。

在模仿母亲怀抱的育幼箱里，刚出生几天的大熊猫乔乔大仔正在拱动身上的被子。当挣脱被子又感到不安全的时候，"啊"的一声发出了响亮的叫声。王平峰赶忙拿出消毒液往自己手上喷了喷，揉搓双手让手不至于冰凉，然后再打开育幼箱的盖子，把乔乔大仔取了出来。嘴里说道："大仔乖，马上就给你喂奶。"王平峰知道，刚刚为大仔进行了刺激排便，这个时候它是肚子饿了呢！当把奶嘴靠近大仔的嘴边时，它张开粉嫩的嘴巴，使劲地吮吸起来。或许，这就是生命的力量！

24小时恒温的育幼室，清一色的奶爸。也不是没有过奶妈，只是几个月连续24小时的值守，女性不容易撑得住。多年育幼的工作经历，让曾文等人很难入眠，风吹草动的细微声响也时常会让他们惊醒。他们笑称这是"职业病"。这种"病"，很多带过孩子的妈妈都有，但对于年轻的几个奶爸来说，则是由带熊猫宝宝带出来的。他们的家里也有即将生产的妻子，但要照顾熊猫幼仔，他们是不能回家的。吴凯说："等我们回去，孩子都长大了。"

此刻，在育幼室里，生命的力量得到了爆发。育幼箱里沉沉入睡的熊猫宝宝还好，因为生长需要，睡的时间会长一些。这样，奶爸们能腾出手干一些其他的事情。而那些睡在椭圆形的篮子里的、眼睛又大又圆、耳朵支棱着的三四个月大的熊猫宝宝们就不是那么好"伺候"了。要吃要喝要拉，狗叫声、"哼哼"声响成一片。奶爸手忙脚乱，分工合作，这边加快速度先用湿润的棉球刺激肛门，让它们排出黄色的粪便；另一边忙着冲奶称量，然后把宝宝们抱在怀里用奶瓶

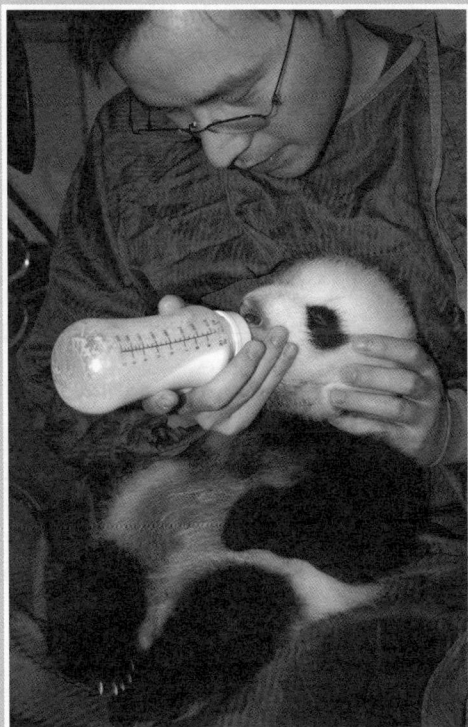

喂奶，喂完之后除了用毛巾擦干净它们的嘴巴外，还要竖着抱起来，"啪啪啪"，拍出饱嗝来。人手有限的现实情况是得不到熊猫宝宝们的谅解的：为什么先要给它排便，给它喂奶，为什么不是我？为什么奶爸抱它的时间那么长，轮到我了就"敷衍了事"了？

哼哼哼！奶爸不陪我玩，我自己玩！反正我也爬得动。于是，就有了熊猫宝宝从这个篮子里爬到另外一个篮子里的场面。

"你不要爬过去，你打不过它的。"奶爸曾文学着熊猫妈妈叼仔的样子，拎起熊猫宝宝脖子上的皮毛，把它送回它自己的篮子里。

"哼哼！"熊猫宝宝发出了极不情愿的声音，又想爬过去。曾文又把它给抓了回来，如此反复，熊猫宝宝总算是消停了。可是，另外一个篮子里的又开始蠢蠢欲动了……

趁这只想"造反"的熊猫宝宝还没什么大动作，曾文用保温桶装上温好的奶，脚步匆忙地向饲养场的内环圈舍奔去。

这里熊猫"大白兔"的饲养员唐华正在等待曾文

送来的营养餐。

随着孩子一天天长大，胃口增大，大白兔的奶水已供不应求。这种时候，人们会视情况给熊猫宝宝补奶。

为大仔补奶，大白兔已经适应了。当饲养员唐华抱住幼仔用奶瓶喂奶的时候，大白兔会双手扶着栅栏，伸长脖子望着唐华怀里的幼仔。有时不愿意喝奶瓶的幼仔"哼哼"叫个不停，惊动了旁边的熊猫"英华"。英华"呼呼呼"地发出了声音，抱着自己的幼仔跑到栅栏边生气地看着唐华和曾文。

"英华，不是你的仔，不是你的仔。"见此情景，曾文赶忙安抚大白兔的母亲——隔壁圈舍的英华。

英华狐疑地看着曾文，又确定自己的孩子在怀里，这才信了曾文的话，退到角落里抱紧怀里的孩子。但还是有些不放心，眼神很警惕地看着栅栏外。估计它一寻思，虽然不是我的仔，但是是我的外孙，你们不能伤害它！

饲养员对幼仔疼爱还来不及，怎么会伤害它呢？四个多月大的幼仔指甲又长又尖利，每次喂奶，这些弯曲的指甲都会嵌进饲养员的肉里，形成若干个小洞，虽然不流血，却也疼得很。

奶爸不容易，熊猫妈妈更辛苦。在圈舍里，只要孩子发出一声轻微的响动，哪怕沉沉睡去的水秀，也会马上惊醒，紧一紧自己的手。或者，换一个睡姿，让宝宝更加舒服。由于左手残疾，水秀一直用右手照顾孩子。十天半月，孩子一直待在它怀里，没有掉过地。

阳花就粗放多了，它一直奉行散养的带娃模式。孩子哼哼它不管，孩子睡觉它也懒得管。不过，圈舍外边偶有老鼠跑过，它的耳朵和眼睛便会发生变化，那是警觉。阳花还是一个聪明的妈妈，它知道饲养员会观察自己孩子的生长情况是否在健康成长的范围。因此，当饲养员走近的时候，它会用嘴叼着幼仔走到饲养员的面前，让饲养员仔细观察。当然，每每这个时候，它都能讨来几根鲜嫩的竹笋吃。

神树坪"大熊猫妇幼保健站"里的大熊猫妈妈还有很多，都各有性格。温顺的，易怒的，高冷的……有些熊猫宝宝的性格也会遗传妈妈。比如，雷雷的孩子就天生性格比较外向，领地意识强；水秀的孩子就要温顺一些；阳花的孩子总爱尝试各种新奇的动作；草草的孩子温柔得生怕抓伤了饲养员。

山里的冬天总是来得特别早。对大熊猫妈妈来说，入冬以后就要逐渐加强对孩子们的训练了。

这天下午，锦心正在帮助二仔学习攀爬。

如果不是二仔喜欢攀爬，锦心可能还不会这么着急。此时，二仔左右两只手正牢牢抓住间隔10厘米左右间距的铁栏杆，两只后腿蹬在光滑的铁栏杆上"嘿哟，嘿哟"使劲往上爬。兴许是两只小腿力量还不够强大，再加上光溜溜的铁条实在找不到着力点，它费了很大的劲儿，也只不过移动了几厘米，两条小短腿悬挂在半空中，看起来有些滑稽。

锦心时不时用脑袋顶一顶二仔的屁股，算是让骨骼还没有得到充分发育的孩子能得到片刻休息。当看到二仔的两条后腿挂在栏杆上晃晃悠悠的时候，锦心又会用嘴温柔地叼起二仔其中一条后腿，放置在栏杆上。这样反反复复，二仔越来越有信心，慢慢地往更高的地方爬去，锦心才得以放心地坐下吃起竹子来。

可是，还没吃上两口，锦心一抬头，发现二仔处于极度危险状态，原本两只都能抓稳的前腿只剩下一只还挂在铁条上。锦心迅速站起身，冲到铁栏杆下，站起身敞开双臂。不偏不倚，时间也刚刚好，二仔柔软的身体从高处落下，落在妈妈的怀里。锦心把二仔放到地上后，又自顾自地坐下吃起了竹子。

吃着，吃着，锦心似乎想起了什么，把手里的竹子一扔，慌忙回头张望。大仔呢，我的大仔呢？刚才不是还在自己身边磨蹭的吗，怎么就不见了？原来，一直忙着照顾调皮的二仔的它，差点忘记了自己还有另一个孩子。当看到墙角那睡在一堆粪便上、黑白相间、小肚皮一起一伏睡得香甜的大仔，锦心叹了一口气，似乎放心了很多，继续回过头来吃竹子。

饲养员经常替锦心感到不平。锦心是一只很爱干净的大熊猫妈妈，怎么就生了一只喜欢与粪便为伍的大仔？这一只仅比二仔早出生两个多小时的熊猫宝宝，从三个多月开始就对包含了竹叶和竹竿的粪便无比感兴趣。它会抱着粪便玩，把粪便拆开，睡在粪便上。饲养员常常开玩笑对锦心说："这两只小仔，一只总喜欢爬着铁栏杆想去外面玩，一只又总是玩着粪便，你这妈不好当啊！"

大熊猫宝宝们已经有三四个月大了，它们已经完全脱离了刚出生的样子，连那原本占了身体三分之一的粉色尾巴因为毛发覆盖几乎看不见了。原本在育婴室里的宝宝们都已经被送回各自妈妈的身边，董礼也早就把孩子还给了水秀。孩子们十分依恋妈妈。妈妈

坐着进食的时候，它们会环绕在母亲身边，或者缩进母亲的怀里喝奶。妈妈走动的时候，它们则像"跟屁虫"一样，紧跟在母亲的身后。

妈妈总是用舔舐来表达对孩子的爱。不久后，宝宝们白色的毛发上就笼罩上了一层粉色的光环，像一个洁白柔软又晕染了浅粉的"面团"，看起来十分可爱。

不过，不是每一只熊猫宝宝都能得到妈妈的爱。

有一只熊猫宝宝，因为妈妈生病，饲养员又希望它能享受到熊猫妈妈的母爱，就打算把它寄养到那个只带了一个孩子的熊猫妈妈那里。

饲养员们选择了一只性格温柔的熊猫妈妈。

那天，阳光很温暖。饲养员把这只熊猫宝宝送了过去。起初，熊猫妈妈并没有什么反应。但当幼仔跑到它身边的时候，它立即站了起来，颈上汗毛倒竖，嘴里发出声声低吼。

"坏了，危险！"饲养员心里暗叫一声，迅速把几根胡萝卜丢进圈舍吸引熊猫妈妈的注意力，紧接着抱回了幼仔。

饲养员不甘心，又送到了另外一只熊猫妈妈那里。

这只熊猫妈妈愉快地接受了熊猫宝宝，还为其打理干净了身体。每当两只幼仔在它身上寻找奶水时，熊猫妈妈都会把它们搂在怀里，让它们享受到母爱的温暖。但是，这只熊猫妈妈给予两只幼仔的爱却是明显不均等的，它对亲生孩子进行抚摸的次数远远大于这只寄养的孩子。

11月中旬，山里已经是隆冬季节了。树叶凋敝，原本青翠的山林被红黄两种颜色大面积渲染。远处的山顶上已经覆盖上了白色的积雪，到下旬，雪线一步步往下移，地面上迎来了冬天的第一场雪。

随着孩子长大，熊猫妈妈们回到了带着运动场、水池和花园的山间别墅。在这里，它们将和孩子度过断奶前的温情时光。

第十一章 熊猫幼儿园

没有雪豹、狼、黄喉貂等天敌的威胁，还有奶爸奶妈的照顾，熊猫幼儿园里的熊猫宝宝比野外熊猫宝宝要安全很多。它们身上有很多趣事，让人们有机会认识和了解一个独居物种的幼仔在集体生活中的不为人知的故事。

PANDA

铺着厚厚积雪的运动场，是熊猫宝宝的游乐园。

熊猫妈妈绅宾对性格霸道的大仔很是无奈。一不留神，大仔就把比自己体型小三分之一的二仔拉下了斜坡。二仔奋力地从斜坡下往上爬，探出沾满黑土的脑袋，"呜呜"地寻求母亲的帮助。绅宾似乎并不关心二仔是否被大仔欺负，转身走进了内圈。

见妈妈不来帮忙，二仔的"呜呜"声变成了"汪汪"的狗叫声，一边警惕着、一边想要快速到妈妈的身边寻求庇护。得意的大仔一个拉拽，二仔发出哀鸣声，滑倒在运动场下的壕沟里。玩得兴起的大仔伸出胖乎乎的前腿，猫戏老鼠般抓挠二仔的身体。

就在这时，后面"哼"的一声吓得大仔小狗似的奔跑开去。不知何时，绅宾已站在了两个孩子的身后。知子莫如母，原来绅宾采取的是欲擒故纵的战术。找到依靠的二仔忙不迭地依偎在妈妈的怀里，任妈妈的舌头舔干净身上的泥污。然后，屁颠颠地跟着绅宾，跑进了内圈。大仔只能悻悻然地走开，不过，它很快又找到了新的乐子——滑雪。

把身子团起来，就地一滚，它就从斜坡上端滚到了斜坡下。滚了几次，身上就沾满了枯黄的草屑、黑色的泥土和白雪。它摇摇身子用劲一抖，再虎头虎脑地奔跑了一小会儿。似乎又觉得场地太小，对围墙有了几分恨意，它用胖乎乎的小爪子抓挠了几下，才无奈跑回了内圈。

绅宾见大仔来到身边，见它是一身脏污，伸出似乎不知疲倦的舌头，好一顿舔，才把大仔打理干净。

这样的温情在野外环境里很难见到。圈养的大熊猫不用为"生计"发愁，而野外的大熊猫妈妈，一天当中，要花很长时间寻找食物。这种时候，熊猫宝宝一般会被妈妈留在树洞或岩洞里。等孩子大一些，妈妈会带着孩子外出觅食，但通常也不会花很长时间舔舐孩子的身体。到孩子一岁多一点的时候，熊猫妈妈就要开始培养它们独立生活的能力了。熊猫妈妈在孩子2岁左右，会把它带到陌生的地方遗弃，即便遗弃后不久又重逢，它的记忆里也不会再有孩子的影子，如同孩子从未在它的生命中出现过一样。生存能力强的宝宝，会在森林里自由闯荡。而生存能力不强的，离开了母亲，就可能会遭遇到不幸。

在深秋的大山里，采药人曾目睹了悲伤的一幕。高高的树梢上，一只个体小小的大熊猫发出阵阵哀鸣。走近一看，原来在大树下竹林里有一只体型彪悍的大熊猫正在安然地吃着竹子。树上的熊猫哀鸣声不绝于耳，树下的大熊猫无动于衷。最后，树上那只体力耗尽、又冷又饿的幼仔掉下山涧，生死不明。后来，人们猜测，那只发出求救声音的大熊猫可能是刚刚与母亲分开的幼仔，饥饿的它误入了其他大熊猫的领地。成年大熊猫是决不允许其他大熊猫进入自己领地的，因此把熊猫幼仔赶到了树上。尽管幼仔发出了求救的声音，但已经和它分开的母亲不会再像以往一样随时出现在它的身边，也有可能，母亲离它已经很远。最后，它面临的是被自然界淘汰的命运。

相比较而言，饲养场的熊猫宝宝会少一些生存方面的危险。神树坪的熊猫宝宝们从出生到长大，日常生活除了妈妈以外，还有奶爸奶妈们辅助照顾。而育幼的专家们更是关注它们的发育是否正常，倘若需要人工干预，如体重、身高不达标，牙齿发育不正常等，则有一套专门的应对措施，帮助宝宝们健康成长。更不要说生病，熊猫医院里的医生们个个身怀绝技，伤风、感冒、拉肚子，食欲不佳，需要驱虫、消毒，医生们总能药到病除，妙手回春。

无论如何，母与子相处的时间是短暂而又宝贵的。

饲养场下，河面上的封冻被流水冲开，春天即将来临，熊猫幼儿园就要开园了。

两个幼仔从4个月大时来到自己身边，水秀几乎

把所有的心思都用在了它们身上。而今，它早已叼不动体重20多斤的它们。除了喂奶，它会紧紧搂它们在怀里之外，更多时候，它只能默默注视。

等到大仔和二仔长出一寸长的厚厚被毛，他们就是黑白相间，散发着迷人的粉红色光晕、虎头虎脑的大熊猫宝宝了。作为姐姐的大仔显得文静而成熟，脸圆鼻挺，身体小巧，特别像妈妈，是标准的大熊猫美女。二仔是弟弟，活泼又调皮，一张大脸，眼睛清亮迷人，比姐姐体型稍微大一点，一天到晚缠着妈妈吵吵闹闹，胖乎乎的十分可爱。

"水秀，大仔和二仔就要上幼儿园了，你不要舍不得哈。"清早，陈建斌一边打扫水秀的圈舍，一边对正在隔离栏里带着孩子玩耍的水秀说。

水秀转过了头，神情里有几分茫然。

陈建斌挑挑拣拣，从桶里拿出了一根最鲜嫩的竹笋，递给水秀。然后，他蹲在隔离栏外，注视着水秀的眼睛，轻声说："你放心好了，幼儿园的奶爸奶妈们，都是又细心又爱孩子的人，一定会好好照顾大仔和二仔的。"

水秀放下竹笋，径直朝着一米开外的两个孩儿走去，"嗯嗯嗯"地似乎在叮嘱什么。

待为水秀的水盆里注满水后，陈建斌听到了水秀咀嚼竹笋的声音，心里一块石头总算落地了。孩子断奶本是必然，孩子要离开母亲也是必然，有过好几个孩子的水秀在这方面的经历已有不少。陈建斌相信，水秀能接受这样的事实。

大熊猫幼儿园在饲养场的上方，有绿油油的草坪，香喷喷的牛奶，还有温柔的饲养员。每年春天，送走上一届熊猫宝宝，这里都会迎接入园的新宝宝。

冬雪离开，春天的暖阳从山的那边爬上天空，草地上的冰凌慢慢化开的时候，幼儿园举行了盛大的开园仪式，这也是一年一度的大熊猫新生幼仔见面会。记者们扛着"长枪短炮"在幼儿园的玻璃墙边竖起了一道"人墙"，幼儿园的奶爸奶妈和育幼室、繁育园的奶爸奶妈们，抱着大熊猫宝宝，冲着镜头向全世界的人传递着大熊猫人工繁育结出累累果实的喜悦。

当人们离开，幼儿园恢复了平静。刚刚送走头一年熊猫宝宝的奶爸奶妈们，又开启了全新一届的"带娃"模式。

"嘴长的那个是晴晴仔。"已有二十几年熊猫养育经验的奶妈瞿祖凤说，奶爸幸恩涛赶紧作了记录，并下意识地多看了这只幼仔一眼，他要把它记在脑海里。

奶爸黄圣杰也在记录和辨认新来的熊猫宝宝："这大圆脸的是水秀的二仔"，他一边记录一边对经验同样丰富的奶妈李凤说，"水秀的脸也挺圆的，这二仔长得像妈妈，就是不知道性格随不随水秀了……"

瓜子脸的李凤曾经在育幼室里工作，对照顾大熊猫宝宝十分在行。她对黄圣杰的记录方式表示满意，接着又提醒道："不仅是大圆脸，你看它的眼睛还很圆，眼睛周围的黑色毛发短而窄，'黑眼圈'不严重。"

在外行人看来，熊猫似乎都是一个样子。但在幼儿园，奶爸奶妈们都能通过细微的差别认出谁是谁的孩子。这其实并不是一件容易的活儿，但接触的时间长了，奶爸奶妈们的经验就十分丰富了。谁的尾巴夹杂了两根黑色的毛发，谁的耳朵又长又尖，他们一看就明白了。特别是随着熊猫宝宝在幼儿园的时间越来越长，性情充分暴露，对它们就更熟悉了。

离开水秀的大仔和二仔进了大熊猫幼儿园，和饲养场繁育的另外十几只大熊猫宝宝一起过上了集体生活。这对它们来说是一个全新的开始。

　　幼儿园建在向阳又背风的山坡上，有干净的内舍，贴心的奶爸奶妈，更重要的是，还有宽阔柔软的运动场：秋千架，皮球，遮阴的木头小房子，挺拔的大树，原生环境里的白蒿、铁线莲、打破碗碗花等草本植物，比母亲的运动场环境更自然，地势更宽大、更漂亮。

　　早上，是幼儿园里最忙碌的时候。瞿祖凤从山坡下走上来，刚打开门，就听到内圈里熊猫宝宝们争先恐后发出的要吃东西的"嗯哼"声。它们推推揉揉地涌到笼舍的栏杆边，着急地问瞿奶妈要吃的。一不小心，不知道是哪只熊猫宝宝踩到了性格霸道的苏琳仔，苏琳仔发出几声低沉的类似狗要发起攻击的"呜呜呜"，眼见一场"你撕我咬"的"混战"即将发生。瞿祖凤一边换工装，一边赶紧宽慰道："别闹，别闹，马上烧水，盆盆奶一会儿就好。"

　　待李凤、黄圣杰、幸恩涛等到达，大家便开始分工合作，照顾起熊猫宝宝的生活起居。黄圣杰扫去圈舍里宝宝们拉出来的粪便，开始为内外圈舍消毒。炉子上的水已经开了，瞿祖凤和李凤把十几个盆排成整齐的行和列，用一口大锅为熊猫宝宝们冲奶粉。这种奶粉是混合奶粉，有着充足的营养，弥漫着浓厚的奶香。为了补充每个熊猫宝宝身体所需的营养，他们还会根据饲养规程，为宝宝们的牛奶里加上一些微量元素。

等盆盆奶端到圈舍外的草地上，瞿祖凤一声喊："喝奶了，喝奶了！"不管是已经爬上树梢的，还是正在打盹的，还是赖在圈舍里睡懒觉的，都匆匆跑了出来，抱着不锈钢盆子一顿猛喝。

"你可别抢人家的！"黄圣杰一边用毛巾为绅宾大仔擦去嘴巴上残余的奶，一边用腿挡住水秀二仔。

水秀二仔可不爱听，还努力要去抢绅宾二仔的，奈何奶爸不让，它索性抱住奶爸的小腿不让走。

"你看姐姐多乖！"黄圣杰嗔怪道。

"哈哈，姐姐很留恋奶盆。"李凤说。

只见水秀大仔紧紧抱住奶盆，整个脸都埋在了奶盆里，正舔食着奶盆里残余的混合奶。由此，大家都说大姐最节约，舍不得浪费一丁点儿。

吃完饭后，大多数熊猫宝宝都会在运动场里自由玩耍。秀气的水秀大仔在这里遇到了一个好朋友，它就是在核桃坪生活的苏琳的大仔。这大仔和绅宾的大仔一样，性格比较霸道，但唯独对水秀大仔很温柔。幼儿园里有几根特意供熊猫宝宝们玩耍的大树桩，苏琳大仔首先抢占了这棵树的顶端，然后招呼水秀大仔到树的下端休息。其余熊猫宝宝看见了，也想要去树上玩耍，均被苏琳大仔的"熊威"给吓退了。从此以后，这根大树桩就只属于苏琳大仔和水秀大仔了。而水秀大仔喜欢安静的性格就更为明显了，它比较喜欢和苏琳大仔交流，它几乎不与其他的熊猫宝宝玩闹，包括弟弟，它也很少去关心。

尽管出自同胞，水秀二仔的性格就活泼外向很多。它和幼儿园的熊猫宝宝们打成一片，在秋千架上一起疯闹，还经常和绅宾仔、青青仔抢玩具球，儿童般顽皮的天性一览无余。除此之外，它还有一个超强的能力——模仿。

随着熊猫宝宝们越长越大，为了尊重熊猫是独居物种的天性，奶爸奶妈们用仿竹竿的材料把幼儿园分成了三个区域。过去每天在一起玩的小伙伴被分成了三个班级，而且自由活动的范围缩小了。这让苏琳二仔很不舒服，决定趁奶爸奶妈不注意，"越狱"去看望隔壁班的朋友。苏琳二仔撅着屁股翻过绿色隔离条的情形正好被午休醒来的水秀二仔看到，决定"依样画葫芦"，自己也来一遍。

它悄悄溜下树，四下瞅瞅无人发现，于是迅速地迈开"外八字"腿，屁股一扭一扭地朝隔离条跑去。当它"嘿哟，嘿哟"翻过隔离条时，正碰上了奶爸幸恩涛。原来，苏琳二仔已经被奶爸黄圣杰"抓住"，这下，水秀二仔又被抓了"现行"。两个调皮的熊猫幼仔被奶爸们拎回到自己的运动场。从此以后，两个熊猫宝宝乖了很多，它们一直不明白，为啥奶爸会突然出现。如果它们知道有个东西叫"摄像头"，估计就不会这么冒失了。

时间过得很快，当幼儿园里的铁线莲开出紫色的花朵，当玻璃围栏外的地衣和藤蔓爬满山毛榉的枝头，雨水年复一年，又一次浸润了深秋的山野，不知不觉又一个产仔季即将结束。而幼儿园里的宝宝们也越来越大了，被毛也越来越厚，以后它们就可以独自面对严酷的寒冬了。它们的食物也从单纯的混合奶，增加了新鲜的竹笋、牛尾竹叶和胡萝卜。还有，它们开始换掉乳牙，长出了可以采食竹竿的牙齿。要不了多久，混合了大豆、鸡蛋等精细粮食的窝窝头也会摆上它们的餐桌……

宝宝们大了，圈舍就变得小了，娱乐设施也变得需要遵守秩序才能玩得上。于是，几只宝宝被调整到其他基地，这里也包括长期关照水秀大仔的苏琳大仔。

苏琳大仔离开后，那根树桩上就只剩水秀大仔了。它的性格愈加文静，用奶爸奶妈的话来说，是高冷的小美女。每每听到这样的话，水秀大仔都不会在意。它仍然留恋奶盆，而往往这个时候，奶爸奶妈们为了让它扔掉奶盆，会多和它玩闹一会儿。它也就顺势抱住他们的腿，用略显尖细的下巴磨蹭两下，然后迅速跑回它的树桩上。

李凤常常站在幼儿园的围墙外，远远地注视这群毛茸茸的"熊孩子"。在她心里，它们都是熊猫家族的未来。因为，人们要通过人工圈养种群的方式，一步一步地把野生大熊猫的种群壮大起来。这些可爱的宝贝们，承担的是拯救大熊猫家族不被自然界淘汰的使命。她记得，最早参与大熊猫保护研究的彭加干说过，他对以人工圈养大熊猫恢复壮大野生大熊猫种群的方式很支持。他说，在野外，熊猫幼仔能够有50%的成活率就不错了。不说大熊猫妈妈在野外哺育孩子的过程中，黄鼠狼、雪豹、金猫等野生动物对大熊猫幼仔带来的威胁，就说大熊猫妈妈自身在迁徙的过程中，因叼仔不慎而发生的意外也有很多，还有寄生虫病、肠梗阻等，都会导致大熊猫宝宝不能顺利长大。因此，在大熊猫野生数量稀少的情况下，在大熊猫栖息地保护、逐渐恢复的同时，利用人工干预的手段进行大熊猫育幼，是正确的选择。

照顾幼儿园里的宝宝很少有闲暇的时候。喂完了奶，黄圣杰和幸恩涛把新鲜的竹笋搬了进来，并用刀去掉头尾，为宝宝们备好下午的餐点。而这个时候，李凤和瞿祖凤就会把洗衣机里的毛巾拿出来，一张一张地铺在暖气片上烘干。

"听说今年已经产了30多只了。很快，产仔就要

结束了。"李凤说。

"是啊，又是一个丰收年。"瞿祖凤接过话题："明年，我们可能会迎来更多宝宝。"

"唉，时间真快！这届的熊猫宝宝或许要不了多久就要离开我们了。"李凤感叹，语气里有些不舍。

…………

无论是熊猫，还是其他物种，或许都会面临分离。只是分开之后，我们都要学会勇敢。

第十二章 淘淘的**特殊**『熊生』

　　和幼儿园里的熊猫宝宝不一样，淘淘在两岁多以前一直和妈妈生活在离人类很近的森林里。虽然人们常常在它的不远处，甚至把它抱在怀里，但它从未见过他们的真面目，直到它独自走向森林里的那一天……

PANDA

熊猫幼儿园里的熊猫宝宝们，可能并不知道，有些圈养的熊猫宝宝过的是另外一种生活。

一切要从那只名叫淘淘的熊猫宝宝说起。

2007年初，人们还沉浸在失去祥祥的伤痛中。但对圈养大熊猫的野化培训计划不能停步，这是共识。然而，2008年，一场始料未及的大地震带来的巨大破坏，让计划不得不被暂时搁置。

地震后的饲养场一度杂草丛生，一派荒芜。大熊猫饲养员牟仕杰独自留在这里，孤独地守着破败的园区。他常站立在饲养场里，回忆往昔繁华。这里哪个圈舍曾经住的是哪只熊猫，哪个饲养员饲喂的又是哪一只大熊猫，他都烂熟于心。

他几乎每天都要清扫那些保存还算完好的圈舍，尤其把竹林葱茏的饲养场主干道打扫得干干净净。

2010年的夏季，他终于等来了一批大熊猫的回归。

回来的6只大熊猫都是雌性，虽然数量并不多，但它们都是野化培训放归的对象，并且它们都已经完成了婚配，有了身孕。

那时，淘淘还在妈妈草草的肚子里。

草草是具有纯正血统的野生大熊猫。它不到2岁时，因饥饿晕倒在路旁，被人们从野外抢救回来，在饲养场长大并参与了繁育。这次回到核桃坪，人们为它最大程度地提供了类似野外的环境，希望它在这样的环境里生育幼仔。当然，一日三餐，仍然由饲养员投喂。但现在的饲养员却变了个模样。他们穿着黑白相间的伪装服，只露出两只眼睛和一张嘴巴，像一只站立行走的身形瘦削的大熊猫。

用张和民的话来说，祥祥野化放归的失败，主要原因可能是人们传达了太多善意给祥祥。它依赖人，相信这世间的事物都是对它友好的。因而，在适应严峻的自然界时，它缺乏对恶劣生存环境的认知，最终走向死亡。或许，这就是祥祥留给人们的深刻教训。新一轮的野化培训放归，要抛开人照顾大熊猫的因素，让大熊猫妈妈教给孩子适应自然界的本领，而不是完全让它自学成才。让幼仔从一出生开始，就感觉不到人的存在。哪怕饲养员前去查看，也要穿上涂满了熊猫尿液的伪装服。直到它走向野外的那一天，人才从伪装中走出来，露出真面目，给它打上麻醉针。这样，熊猫就会惧怕和憎恨人，为它顺利在大自然成活打下基础。

张和民将这种野化培训放归方法称之为"母兽带仔"。作为大熊猫保护研究工作的传承人，30多岁的吴代福带着牟仕杰等饲养员，在核桃坪启动了"母兽带仔"计划。

当时的淘淘还在妈妈的肚子里，它就和妈妈一起成为了这个计划的主角。

2010年8月初，在核桃坪类似野外的环境里，草草诞下了一只近200克的幼仔。这只幼仔就是淘淘，它的身份可不得了，是全世界首只在野化培训场出生的熊猫宝宝。

说起淘淘，吴代福的记忆就会被拉回到那个大雨倾盆的夜晚。那时，淘淘刚出生不久。

草草蜷缩在露天的草地上，雨水肆虐地打在身上，体表的毛发都已湿透。虽然饲养员们模仿野生大熊猫产仔育仔的环境，在好几天前已经为它搭好了产仔育仔需要的树洞，但它就是不愿意带着孩子住进去。

借助手电筒微弱的光亮，人们发现草草低着头，正在舔舐身体，但却没有发现幼仔的身影。

"幼仔是在草草怀里吗？"吴代福自问自答。于是他又找来两只手电筒。在几束光的照耀下，草草舔舐身体的动作暴露无遗。幼仔却在一旁的空地上。

雨越下越大，风带着山里特有的凉意。得把草草母子诱导进树洞里才行，不然，母子都有可能感染风寒。

怎么办？

紧急情况下，只能发动攻心战术。几个人轮流大喊："草草，草草，快进到树洞里去，雨太大了。"

草草不为所动。

草草，草草，快进树洞里去吧，进去吧，进……去……

仿佛老天也要和人做对，雨下得"哗啦啦"，风吹得"呼啦呼啦",暴涨的河水"轰隆隆",几乎将人的声音全部淹没。

草草如一尊佛像,依然一动不动。

天啦!这该怎么办?!吴代福心里阵阵发慌。这还是他元旦翻日历——头一回亲眼看到大熊猫在风雨交加的自然环境下淡然带仔。如果再不紧急采取措施,幼仔必定凶多吉少。

草草的一个动作让大家悬着的心总算是稍稍放了下来。只见它低下头轻轻地把淘淘叼到了怀里,并用温暖而柔软的舌头舔舐着小家伙身上的雨水。而回过神来的淘淘,则忙着吃奶补充能量,也是在寻找慰藉。

为了不让雨水打到淘淘的身上,草草佝偻着背坐在草地上,将它紧紧地护在怀里。雨水顺着草草的毛发滴流到草地上,但它丝毫没有移动避雨的意思。这可把人们给急坏了。

吴代福和牟仕杰等人一商量,决定为草草和淘淘搭一个临时的避雨棚。他们冒雨找来一些竹竿和一张塑料布,试探着向草草靠近。熊猫妈妈在生产后通常会性情大变，具有异常凶猛的攻击性。虽然草草平日里温顺又可爱，但是如今有了淘淘，它随时都会对人发起攻击。吴代福反复叮嘱大家要小心，如果见势不妙，就一定要拔腿就跑。

"呼呼！"看到吴代福越走越近，草草怒目圆睁，抬起身子发出了威胁性的低吼。

"草草，不要怕哈，我们只是来给你遮雨，不然仔仔会生病的，乖哈。"吴代福一边轻声安抚着，一边开始将竹竿插在草草身前的草地里。草草警惕地注视着吴代福等人的一举一动，慢慢放松下来，似乎明白了人们的好意。

等简易"帐篷"搭好，为草草母子遮住了雨水，一身衣服早已被雨水和汗水浸透的人们，才体会到夏日洪水天的冰冷，打着哆嗦，放心离去。

后来回忆起当晚的情形时，他们似乎忘记了当时因地震而似桃酥般蓬松的山体随时可能有飞石滚落的危险，而津津乐道于草草的母性。他们说，大雨过后的第二天清晨，草草沐浴在阳光里，还是那样庇护着孩子的姿势，让人肃然起敬。更让人称奇的是，被毛湿漉漉的草草，怀里却很干爽，让刚出生不久的淘淘睡得十分香甜。

或许，大熊猫的身上还有许多秘密需要人们去探知。

淘淘并不是草草的第一个孩子，却是在类似野外环境里养育的第一个孩子。对淘淘，草草奉行的是散养方式。淘淘长到三四个月时，草草似乎就很少花精力去管它了，视线范围内，任由它在地上滚来爬去，在草丛里、树林里穿行。

淘淘4个多月大的一个深夜，遇见了生命中的第一次危险。

眼尖的牟仕杰从监控屏幕上发现了鬼鬼祟祟的果子狸，翻过围墙，埋伏在淘淘不远的草丛里。那距离，只要一个扑跃，淘淘就会成为它肥美的"夜宵"。牟仕杰心想着，草草在，应该会保护好淘淘的。哪想到，镜头放大，草草居然在打盹儿！

完了，完了！牟仕杰的心提到了嗓子眼。

就在他准备开门狂奔、施以援手时，他看到原本还一派"佛系"的草草，不知何时，冲到了淘淘的身边，一个急跨步，扬起右前掌，以强大的震慑力赶跑了果子狸。

母亲的爱和耐心在岁月的磨砺中变得十分重要，不久后，淘淘在妈妈的帮助下，学会了爬树，躲避蚂蟥和蜱虫等天敌。吴代福常想，如果祥祥当时也有妈妈教它，兴许它在野外的生活会是另外一番样子。

2011年2月，半岁大的淘淘被两只直立行走的"大熊猫"——穿着伪装服的饲养员，用背篓背上了核桃坪的后山。这里是第二期中型野化培训圈，面积比山下的居所大了好几倍。这里也是当年祥祥最早参与野化培训的地方。淘淘将和妈妈在这里生活几个月，时机成熟后再走向更大的野化培训场。

这是人们按照"母兽带仔"培训计划，为淘淘野化培训放归铺设好的路。

此时的淘淘已经12公斤多了，是一只黑白相间的胖乎乎的小奶熊。穿着"伪装服"的吴代福和牟仕杰，把淘淘从背篓里放出来后，不明所以的它就近选择了一棵高大的树木，不到10秒就爬到了顶端，紧张地注视着吴代福和牟仕杰。

在半野化环境中，工作人员接近草草与淘淘

"小家伙，警惕得很嘛！"吴代福笑着说，心里充满了祝福。他希望淘淘能一直保持警惕，毕竟将来它要独自走向大自然，那里有更为严峻的生存挑战。

工作人员穿着"伪装服"为淘淘做体检

　　和当初监测祥祥一样，后山上有一座小木屋，作为野化培训人员的休息室。不同的是，现在这座小木屋里装满了监控器，用来调控野化培训圈里的摄像头，监测人员可以在这里24小时监测草草和淘淘的活动情况。这种监测方式虽然用不着人跑进林子里监测，打扰草草母子的生活，但其弊端也很快显现出来。

淘淘早已不是母亲的跟屁虫，它一般会躲在树上呼呼大睡，而这些地方往往又是监控的死角。如果淘淘不经常走动，人们根本无法掌握它的情况，这让吴代福急得嘴上冒泡。草草是成年熊猫，大可不必担心它的安危，但淘淘年纪还小，万一草草有个疏忽，没照应到，后果不堪设想。

既然固定摄像头没办法达到想要的效果，那就来个移动装置吧。说干就干。为了随时随地拍摄到淘淘的活动影像，吴代福找当地人编了一个一人高的竹篓，在竹篓上覆盖蓑衣，抹满草草的粪便、尿液，人拿上摄像机，躲进竹篓里，伪装成"移动摄像头"，偷偷移动到淘淘活动的方位，拍摄它的活动情况。

这活儿是要人命的差事。吴代福一个人无论如何是吃不消的，好在还有牟仕杰。两个人轮番上阵，常常一趴就是一两个小时。夏日炎热，蚊虫繁多，蓑衣不透气，即便是在山里，不久就会趴到近乎中暑的状态。而且蚊虫叮咬烦不胜烦，有时鼻子发痒想打喷嚏，也只能死死捂住口鼻，尽量把声音降到最低，生怕惊吓到草草母子。

熊猫天生听觉和嗅觉灵敏，尽管做足了伪装，但"移动摄像头"的存在还是引起了草草母子的警觉。一旦"移动摄像头"发出声响或移动，淘淘发现后就会立马上树。而护仔心切的草草，会扑上来撕咬。为此，吴代福和牟仕杰受了不少伤，还好两人每次跑得及时，且草草念及旧情，没下死口，不然两人恐怕早就"交代"了。

心急吃不得热豆腐，草草母子的警惕让"移动摄像头"的收获并不大，它还容易让两只熊猫感到恐慌。久而久之，两个人发现这纯粹是个笨办法。不甘心的吴代福，很快又想出了新的办法，那就是在淘淘的颈圈上佩戴录音笔。经过多方实验，录音笔采集的数据再配上视频数据，就能较为全面地了解到淘淘的一举一动。

在妈妈的呵护和言传身教下，野外的淘淘开始采食竹子，看起来行动矫捷，身体也变得更加强壮。不久后，它们被送往了十几公里外、海拔更高的天台山原始森林。这是第三期培训的地方，尽管也有围栏，但面积又比核桃坪的后山大了好几倍。这里原始森林的生境更为复杂，周边也有野生大熊猫活动，可以说，除了电子围栏，这里就是野生大熊猫的真实生存环境。如果通过考核，淘淘将在两岁左右离开草草，独自闯荡江湖。

如同对待自己亲生的孩子，人们生怕淘淘未来的路途上遇到风险。毕竟，祥祥就是前车之鉴。所以，他们尽可能地把淘淘走向野外后遇到的种种可能想得细之又细，然后再有针对性地对淘淘进行培训。在天台山，除了生存环境的变化，人们要着重培训的是淘淘对天敌的反应。

野外的动物，对成年的大熊猫实际上并不存在大的威胁，但对幼年和老年的大熊猫就不一样了，豺、狼、金猫、雪豹等都有可能对它们发起攻击。人们找来这些动物假体，配上相应动物的气味，再辅以它们的叫声录音，希望淘淘记住它们是有危险的动物，见到了一定要远远避开。

这样的培训教科书，淘淘是否能理解到，人们不得而知。但对陌生人或动物，淘淘一直保持着警惕。

这一年的冬天，天台山被大雪覆盖。牟仕杰和一名野化培训工作人员在森林里穿行，对电子围栏进行例行检查。

突然，"咔嚓——啪嗒"的声音打破了雪地里的寂静，一根碗口粗的树枝，不堪积雪的重负，掉落在牟仕杰一米远的身后。惊魂未定之时，牟仕杰看到围栏内一个黑白相间的影子一晃而过，速度极快，那身形必是淘淘无疑。

那一晚，他在天台山零下十几度的小木屋里，用手机里的备忘录写下了对淘淘的祝福。

那一天终于来临。2012年10月，两岁零两个月的淘淘离开了草草，在屁股上挨了一支飞针后，完全认清了人类的"真面目"，带着愤愤不平的心情，被送往了四川雅安栗子坪自然保护区放归。

栗子坪自然保护区是位于小相岭山系的大熊猫栖息地，距离卧龙几百公里。

实际上，淘淘所在的周边都是大熊猫栖息地，和祥祥一样，它可以就在自己的故乡生活。为什么要舍近求远？这里不得不说的是张和民对淘淘放归地选择的考量。

圈养大熊猫经野化培训放归自然的目的，是补充壮大野生大熊猫种群，让它们不至于灭绝。历经几百万年的发展，受人类文明的影响，公路、农田和水库，将原生大熊猫栖息地分割成许多个小块，这些小块里的大熊猫种群数量少，由于实现不了种群与种群间的交流，基因不能扩大，它们承担的灭绝风险最高、最大。淘淘走向栗子坪那一年，全国一共有33个野生大熊猫种群，其中面临灭绝风险的就有22个，而小相岭山系的情况最为急迫。

2009年，人们在距离栗子坪不远的泸定县抢救了一只生病的野生雌性大熊猫，为其取名为泸欣。后来，人们将其放归到栗子坪自然保护区，经不间断监测，泸欣成功融入了当地大熊猫种群，还产下了后代。

淘淘，就是继泸欣后又一只补充进栗子坪大熊猫野生种群的新鲜血液，如果生存成功，必然补充、扩大当地种群基因，拯救小相岭山系的小种群。

笼门打开后，清醒后的淘淘并没有犹豫，在那一群"面目可憎"的人类的欢呼声中，快步走向了大森林，进入了一个全新的世界。它的母亲草草，回到了核桃坪的饲养场。毕竟，它还有它的"熊"生。

体检完成后，等待复苏、重归山林的淘淘

虽然没有草草的照料，但脖子上的颈圈依然是它的"保护伞"。它在森林里的隐秘经历，都将以电波的方式传到人们的耳朵里，最后转换为数据，变成科学研究的成果。如果不出意外，这个颈圈将在人们设置的时间里脱落，让它和野生大熊猫一样，在大森林里漫步。那一天，必然是它新生活的开始。

淘淘在野外生活的一年，人们通过无线电跟踪监测、拾取粪便进行DNA检测等方式，一直陪伴在它身后不远处。不仅见证了它的成长，还饶有兴趣地发现了野生大熊猫对淘淘的好奇。淘淘并没有和它们之间发生冲突，这大概是因为这片森林很广阔，此地的野生种群数量稀少，还有多余地块能容纳下其他大熊猫的原因，淘淘只需要找到一个没有野生大熊猫活动的地方，建立自己的领地就可以存活下来。

一年多以后，人们以食物为诱饵，准备回捕淘淘。淘淘爬到了一棵高高的大树上，兽医的麻醉针"嗖"地飞到了它的身上。几分钟后，淘淘掉进了回捕网里，科研人员迅速用衣服蒙上了它的眼睛。紧接着，抽血、量体长等检查轮番上阵……等淘淘清醒过来，麻醉带来的寒冷让它身体微微发抖，四目望去，身边竟然没有一个人，它冷静了一小会儿，就抖了抖身上的尘土，很快消失在森林里。

这时候的淘淘，俨然已经是野生大熊猫的样子，如若不是它身上如假包换的颈圈，人们已经认不出来它就是淘淘。经过一系列检查，淘淘身体健康，可以判断出它已经成功融入大自然。新闻报道后，为祥祥离去而痛苦难过的刘斌再度流泪，他望着远山，仿佛又见到了祥祥穿行山林的样子。

　　今天，淘淘身上的颈圈早已脱落，或许，它已经在野外繁育了后代，开启了另外一种"熊"生。

chapter 13

第十三章　野性的**呼唤**

　　血液里的天性和同类的呼唤，让草草在茂密的森林里越走越远。从每天能见上一面到几天没消息，草草的安危让跟随在它身后的人们忧心不已。但草草在森林里行动自如、日行"千里"，人又怎么能跑得过它呢？人把大熊猫跟丢了，这可是一件不小的事啊！

PANDA

2017年，早春。

在前往五一棚的"之"字形的山路上，以吴代福为首的八个壮汉喊着"嘿哟，嘿哟"的号子，抬着铁笼大轿，在崎岖不平又狭窄的山路上喘着粗气往上爬。

铁笼子里坐着的是赫赫有名的草草，它曾成功培养了首个独自走向大自然的大熊猫明星儿子——淘淘。而今天，它也将和淘淘一样，带着颈圈到野外生活。只是，淘淘要学会在野外独立生存，繁衍后代，融入野生大熊猫的种群，也许永远不用再回到饲养场里。而草草，只是在漫山开满杜鹃花的时节出来旅行，同时寻找一份属于自己的爱情。

在五一棚区域的适应圈里，草草暂时住了下来。适应圈，顾名思义，就是从饲养场出来的草草，要在这个野外的圈舍里适应、过渡。这对原本就出生在野外、又长期带仔参加野化培训的它来说，不是什么大问题。唯一可能让它不解的是，野化培训不应该是在天台山那片自己熟悉的林子吗？人们怎么会把自己带到这完全陌生的地方？再说了，这不是还没生孩子吗？

说到草草来这里的缘由，张和民是最清楚的了。

从攻克三难到野化放归，张和民的一头青丝已夹杂着白发。30多年的筚路蓝缕，他带领一帮人过了多少河，闯了多少关，他自己都记不清楚了。但在他的心里，始终有一个信条，那就是在科学研究的道路上，失败了就要站起来，遇到问题就要想办法去解决。随着大熊猫圈养种群的扩大，以及大熊猫野化培训放归技术的不断完善，新的问题凸显出来。

由于雄性大熊猫的数量并不多，导致遗传基因告急。如果没有新基因补充，必然造成近亲繁殖，将来的繁育工作将难以为继，更谈不上实现人工圈养种群补充壮大野生种群的梦想。

怎么办？

借鉴大熊猫野化培训放归的经验，张和民和他的团队想到了一个办法，既然我们可以向野外注入新的基因，为什么不能引入野外基因呢？再说了，只有加强基因交流，大熊猫家族才有明天！

那么，我们就开展大熊猫野外引种吧！

这样的想法着实让大家吓了一跳，这可谓是前无古人创先例的举动。创意提出来了，要想实现，还需从长计议。按照多年大熊猫野化培训工作经验，谁都清楚，不是任意一只大熊猫都能满足野外引种条件的。

野外环境复杂，一般的圈养大熊猫是不能在野外生存的。需要选择有野生基因，身体素质好，同时有过交配经验和生育经验的雌性大熊猫，最好是经历过野化培训放归的。张和民组织大家开展讨论，最后得出了这样的结论。

墙上挂着大熊猫的谱系树，从下到上，从主树干到派生出来的枝叶，那都是一代又一代大熊猫家族繁育的后代。草草是单独的一根树枝，因为它来自野外。在它这根枝干里，淘淘是草草的一个小分支。

大家的手不约而同指向了标记着581号的草草，这个独立而母性又强的光荣的母亲，成了经大家衡量多种因素后，认为是野外引种雌性大熊猫的最优选择。

张和民在脑海里勾勒出了这样一幅画面：春天来临，处于发情期的野生大熊猫在森林里游走，在树干上、岩石上喷洒腺体，为心仪的对象留下信息。草草留下的信息获得了一只野生大熊猫的青睐，它尾随而来。两只大熊猫一见钟情，成就了一桩"美满姻缘"。不久以后，回到饲养场的草草产下了带有野生大熊猫

血缘的孩子，成功为饲养场的圈养大熊猫种群注入新鲜血液。

通往理想的路会顺畅吗？目送离开饲养场的草草，张和民的心里也有一丝担忧。毕竟，野外引种，还只是一个试验。

试验会成功吗？所有人的希望都寄托在草草的身上。

此时，虽已是3月中旬，但适应圈舍里还有坚硬的透蓝的冰。山里的温度比核桃坪更低，倘若不是被毛厚，草草也很难抵御山里冬天的寒冷。一阵风吹过，松涛阵阵，怕风的它躲在一块岩石后面，卧了下来。

周仕强、吴代福、徐天、何胜山和冯高至在适应圈外严阵以待。查看地形、喂食、观察记录、放置红外相机，监听信号……他们的分工很明确。

五十多岁的周仕强是这里年龄最大的，早年他曾在这里调查大熊猫主食竹的分布和生长情况，对五一棚区域的地形兽径都非常熟悉。这也是特意的安排，不然几个年轻人很容易在五一棚复杂的地形里迷路。

一脸络腮胡的小徐是负责专门收听监测信号的，现在，他正在跑来跑去寻找信号。他要调测好频段，方便和草草脖子上的定位装置匹配。如同野化培训放归一样，草草脖子上带有定位装置。未来的一段时间，小徐就需要通过搜索信号来确定草草的活动路线了。

　　何胜山在路口安装红外相机，他恨不得像高空洒水一样，在这植被茂密、古树参天的森林里都装上红外相机，这样草草活动的所有影像都会记录在"案"。长期参与野外工作的经验告诉他，信息化技术带来的高效率远胜于疲于奔命、追踪监测取得的效果。

　　草草对这些漠不关心，它打了个长长的呵欠，继而舔了舔干燥的嘴唇，歪着头，若有所思地看着正在检查适应圈的吴代福和冯高至。

　　最佳时机已经来临，吴代福和冯高至把握十足。随着香甜的苹果入口，草草脖子上的颈圈上又多了一个新装置——录音笔。无论是定位装置，还是录音笔，都是监测人员安装在草草身上的"眼睛"。草草的安全，仍然是人们最担心的。

这下，草草算是全副武装了。忙碌了半天的几个人关上适应圈的笼门，回到了两公里外的宿营地。毕竟，草草在适应圈里，安全和食物都有保障，而最好的保护，就是不去打扰它。等不了几天，短暂的过渡期后，草草将走向大森林。那时，人们就要尾随在它的身后，不远不近地跟着，做最合格的"熊猫保镖"。

夜幕降临，五一棚宿营地的灯光亮起，热腾腾的饭菜端上了桌，空气中弥漫着30多年前这里的生活气息，一样朴素简单的饭菜，一样对野外未知的好奇。不一样的是，当年在这里开展监测工作的人大多已是花甲老人，而现在侃侃而谈、希望监测发现野生熊猫的又是年轻的新面孔。

小徐无心咀嚼饭菜，丢下碗拿起无线电接收机来回搜索信号。资深的野外工作专家周仕强教授知道他在担心什么，决定重新安装软件并修复数据。见他们这一忙碌，吴代福等人也无心吃饭了。如果信号搜寻不到，或者不稳定，将会直接影响跟踪监测工作，那样草草的安危无法得到保障，更不要说引种试验成功了。

几经数据修改、软件刷新安装，终于在几天后，无线电接收器正常了。而此时的草草，似乎有了想走出适应圈的欲望。那时正是大熊猫的发情期，通过读取红外相机数据，发现已经有野生大熊猫光临过草草的笼舍了。兴许，草草也感知到了野性的呼唤，天然的身体激素正在发挥着作用，它出现了更为明显的发情行为。

这一天晚上，寂静的原始森林里传来了动物此起彼伏的狂吠声，那是野生大熊猫呼唤伴侣的声音。吴代福决定第二天就将草草放出适应圈。

终于等到天亮，打开门，一阵风卷着雪花，让小徐后退了两步，他赶紧把脖子缩进了厚厚的冲锋衣里，吸了吸鼻子，鼻翼已经麻木，感觉鼻涕马上就要冻成冰条。迎风走向门外，视线所到之处，四野银白好似水晶宫，人如置身童话里的冰雪世界。

天啦，这么冷？草草不会被冻坏吧？无暇顾及冰雕般的雪景，旋转黑色小盒子上的黄色按钮，将无线电接收机的频段调好，再调整天线。那熟悉的"嘀嘀嘀"的信号声却没有如约而至，让小徐备受打击，万分焦急。

"可能接收机被冻住了，一会儿应该就好了。"拿着几个包子的何胜山安慰他，并催促他快走。小徐把冲锋衣拉链打开，把接收器放进怀里，心里想着，死马当活马医，成不成，就看缘分了。

通往适应圈的路，冰凌封冻，如果被裹着一层冰的树枝横扫到脸上，就会留下一道红痕。走不了多久，他感觉脸冻得僵硬而麻木，除了眼睛还能转动外，其余部分似乎都不属于自己了。

因担心着草草会不会冻坏，大家加快脚步。到了之后发现草草正在圈里徘徊，它喝水的水槽已被封冻。冯高至递给草草竹笋，其他人则对着水槽一阵敲打，费了半天劲总算砸开了水槽上几厘米厚的冰。

这时候，小徐怀里的接收器发出了声音，看来，之前真是被冻坏了。小徐暗骂了一声"这鬼天气"，接过何胜山递过来的冻得硬邦邦的包子，又笑骂了一句："这还真是鬼天气！何胜山你也真是，怎么不像我一样，把包子放怀里捂着，也不至于让我吃冻包子，心都要被凉透了！"

一帮人说笑着，目送草草走出了笼门。跟着走了一小段，大家依依不舍地停下了脚步。好在接收机已恢复，草草未来的每一步都会反映出来。外面的世界很精彩，他们希望草草能把握机会，成功引入野外基因，这对草草、对饲养场的圈养大熊猫，乃至全世界的大熊猫都具有非同凡响的意义。

这是考验草草的时刻，也是考验监测人员的时刻。因为无论草草走多远，他们就要跟多远。又或者，除了不与野生大熊猫亲密接触，除了晚上不在野外过夜，他们与草草的经历似乎没有多大不同。

然而，在密林之中，人与熊猫在森林中行走速度的快慢，很快就见分晓。

草草在密林中穿梭很有优势，灵活的身子，厚实的被毛，耐磨的脚掌，走起山路来如鱼得水。而人就不一样了，走在满是苔藓和荆棘的密林中，要么脚下打滑，要么就是被荆棘划伤。特别是熊猫都活动在不及一人高的冷箭竹林里，人要穿过去，就等于是要从竹林编织密实的"隧道"爬过去。有时还会被紧密的竹叶竹枝卡住，不能前进，也不能后退。最严酷的考验是，竹林"隧道"上部全是白雪，地面是又硬又滑的冰。人从中穿过，打着绑腿的腿脚会被冰面浸湿，颈窝里会落满积雪，衣服也很快被打湿，被冰冻成块，最后身上穿的不再是衣服，是冰铠甲了。

最初走出笼门的草草，行为颇为谨慎，晚上还要回到适应圈里过夜。渐渐地，它就夜不归宿了。好在，人们还能跟上它的步伐，定位信号和地图一重叠，它在哪个方位活动或休息，让人一目了然。每天，大家都会检查它的发情情况、身体情况。

渐渐地，草草变得神龙见首不见尾了。除了周仕强教授，大家都很着急。

已经有十几天没见到草草了。偏偏信号又飘忽不定，十分微弱。翻过最高的那座山梁，冯高至在路边捡到了一块熊猫粪便，欣喜异常。大家七嘴八舌，猜测着草草应该经过了这里。但举目四望，树木绵延，河流奔腾，哪里有草草的影子。何胜山甚至有些懊恼他布设的红外相机数量实在太少，必须申请多买一些。

"草草……草草……"小徐拢手呼喊。

"草草……草草……"冯高至在呼喊。

回声之后，四周又归于"呼呼"的风声和"隆隆"的流水声。

走在后面观察竹子的周仕强跟了上来，泼了一盆冷水，说："这不是草草的粪便，这是野生大熊猫的陈旧性粪便，至少是一个月以前的了。"

大家这才静下心来观察粪便。根据竹子残余的咬节长度，证实周教授的判断是对的，这根本不是草草的。再掰开看，发现纺锤形的粪便里隐藏着小动物的肉骨头。周教授告知大家，这种情况并不少见，野生大熊猫是要捕食小动物的，有些时候还要吃一些死去的动物的尸体，也会吃一些竹子以外的植物。所以，大熊猫是真正的杂食性动物。

何胜山点头称是："亏得大熊猫是杂食动物，不然竹子开花那一年，可能还要死更多的大熊猫。看这大片竹子，一开花可不得了，这里野生大熊猫那么多，还是开不得花。"

"这不是人能左右的。"丢了熊猫粪便，周教授蹲在地上，扒开土，指着手指粗细、根茎纵横的竹鞭说："看见没，这中间米粒大的就是种子。它一年发出一根笋子，一根笋子长出一根竹子。竹子生长缓慢，要长出一大垄茂盛的竹子，需要三十多年。而竹子开花是有周期的，一般是60年。"

一席话说得大家不吭声了，周教授赶紧安慰大家："山里竹子好几十种，这种开花了，那种还在啊。至少，五一棚这一片问题不大。再说了，现在山下退耕还竹，有那么多竹子，熊猫的生存问题还是不太受影响的。"

"说到食物，我们还是找草草吧，这么多天了，估计也想念咱们包里的苹果了。"周教授的话提醒了大家。于是，此起彼伏的呼喊声又响了起来。

真是通信靠吼！小徐不甘心，又调了调无线电接收机的频段。按了几次黄色按钮，一小段沉默之后，那黑匣子里居然响起了令人心驰神往的"嘀嘀嘀"声。

或许，此时此刻，没有什么声音能比它更美妙了！

但令人奇怪的是，明明信号显示草草就在附近的红桦林边，可搜寻了半天仍然没有发现它的声音。

"嚓，嚓，哗——"

"嘘！"何胜山竖起手指头，示意大家仔细听。

一阵欢天喜地之后，他们用苹果把草草从一棵大树上逗引了下来。接着，检查身体，换录音笔。草草有些食欲缺乏，再加上它对人不予理睬，说明它很有可能发情期即将结束，正在恢复正常的生活状态。如果刚才不是它发出挠痒痒的声音，监测人员估计就很难发现它。

看着精神有些萎靡的草草，冯高至有些心疼："它这样子，还适合在这野外待吗？也不知道它和野生大熊猫有没有亲密接触？"

何胜山扬了扬手中的录音笔，说："我们回去听录音就知道了。"

周仕强说："草草身体是健康的，可能受身体激素分泌减退的影响，精神有些不好，不过这不影响，发情期退去后，草草就会好了。"

天色已是黄昏，大家商量后，决定回到宿营地，下载数据后，再来跟踪监测草草。

莲花白焰炒回锅肉，番茄白菜鸡蛋汤……听说终于找到了草草，长期驻扎在五一棚的杨师傅特意为大家做了一顿丰盛的晚餐。

脱去厚重的外套和已经浸湿的绑腿和鞋袜，大家围坐在笔记本电脑前，连接数据线，忙不迭地收听录音。一阵嘈杂之后，草草和野生大熊猫交配的声音清晰传来。

成功了！成功了！大家欢呼雀跃。

杨师傅悄悄返回厨房，拿出了自己家酿的苞谷酒。这真是值得庆祝的日子！高兴中，他又有点失落，监测队员在这里住了一个多月了，让平时孤单的他有了伴。随着草草发情期的消退，它很快就会回到核桃坪的饲养场，这山上，又只有他一个人了。

不久以后，草草坐着八抬大轿回到了它的娘家——饲养场。

转眼到了8月，雨季悄然来临。如人所愿，草草就要当妈妈了。张和民格外重视它的待产情况，时不时要去饲养场探望。

草草产下了一只两百多克的大熊猫幼仔，通体粉嫩，白毛稀疏，和圈养大熊猫产下的幼仔没有多大区别。但看似普通的它，对人们来说却具有极其重要的意义。

草草一心一意地哺育着这个来自野外的孩子。遗憾的是，它并没有成功存活。

希望搁浅，人们只能等待来年春天。

第十四章　白马王子发着光

怡畅在树下等了很久，以为那只野生大熊猫会回来。直到气味散尽，怡畅才不得不放弃等待。或许，若要再相见，只有等下一个甚至下下一个春天了。

PANDA

2018年的春天很快来临。有了第一次野外引种的经验，除五一棚外，张和民决定在野生大熊猫分布密度大的天台山也同时启动引种试验。这一次，奔赴野外的雌性大熊猫，除了草草以外，还有怡畅、珍珍和乔乔。

　　到野外的大熊猫多了，跟踪监测的队伍也逐渐壮大起来。除了吴代福、何胜山、冯高至等人，牟仕杰、彭渤钧、刘晓强、张大磊等人也加入了进来。

　　四只熊猫的性格截然不同，遭遇也各有不同。

　　性情温和的草草仍然是在五一棚区域参加引种试验，它凭借着一年前的记忆，安静地等待着它的熊猫王子，只是这一次它显得更加主动。待到发情期来临，它走出适应圈舍，没多久就游荡到了去年那棵红桦树旁。它在另外一棵路边的气味树上嗅了嗅，那熟悉的气味让它得到了一个重要的信息——原来熊猫王子早就在等它了。它也把自己独特的气味留存在了这棵气味树上，接下来的时间就是等待和四处看看。到3月中旬，草草的"白马王子"如约而至，互相倾诉相思之情。见证它们甜蜜的除了戴在草草脖子上的录音笔、天上的流云、林间的风，还有一只蛰伏在密林深处的雄性大熊猫。不久后，草草回到了饲养场。由于野生大熊猫的发情期还没结束，正值年轻的乔乔开始发情，住进了五一棚的适应圈。

五一棚的大熊猫野外引种很顺利，而在十几公里外，地形地貌更加复杂的天台山，就完全是另外一番景象了。刚进入青壮年、性格孤僻的怡畅对野外的一切都充满了好奇，每天都在山里兜兜转转。跟踪监测人员也每天跟着它转悠。这里高山河谷切度大，海拔四千多的山峰比比皆是，经常出现信号遇到山峰反弹回来的反射信号，让监测人员吃尽了苦头：风风火火跑到山崖上，信号再一打，就变成另外的地方了，又得风风火火跑回去，重新再用无线电监测器找一找信号。可这些都算不了什么，最让人揪心的是：怡畅失恋了。

3月下旬，怡畅发情了。刘晓强和张大磊远远听到了大熊猫的吼叫声。两人飞奔到一处小山坡前，透过一片开满紫色小花的草地，看到了正在树下踌躇的野生大熊猫。而怡畅显然是被吓坏了，躲在树上"哼哼哼"地低鸣着。见怡畅不下树，野生大熊猫似乎不耐烦了，它拿出爬树高手的本领来，"蹭蹭蹭"地往上爬。怡畅铁了心不让它上来，挥舞着前掌驱赶它。它是下了树又爬上去，爬上去了又被轰下来。不受怡畅待见的野生大熊猫有点灰心了，溜下树走进了旁边的箭竹林。临走之前，在树上留下了发情期雄性大熊猫独有的气味。从此后，怡畅就像着了魔似的，总是守候在大树下，或活动在大树周围。刘晓强和张大磊跟随无线电信号，悄悄尾随怡畅，发现怡畅活动过的地方有野生大熊猫采食的痕迹和留下的粪便。显然，野生大熊猫曾单独尾随了怡畅一段时间。看着怡畅悠然自得的状态，又检查了怡畅的身体，两个人知道两只熊猫之间只是有了接触，尚未婚配。

　　后来，那只野生大熊猫再也没有出现过。或许，已进入发情高峰期的它没能耐住性子，去寻找另外的

小时候的怡畅

"美娇娘"了。而可怜的怡畅，还以为它会回来，总是
在那棵涂满了野生大熊猫气味的树下等待、观望。许
久之后，不见"良人"归来，它又循着野生大熊猫走
过的路来回寻找，也不敢走远，怕它回来找不见它。
就在这样的焦急和悲伤的等待中，怡畅的发情期慢慢
退去。它又恢复了孤僻的性情，任由监测人员把它送
回了核桃坪。

另外一只叫珍珍的大熊猫，走的是一条"野路子"。它热爱自由，容忍不了一根"粗项链"束缚着它的脖子。因此，很长时间它哪也不去，就待在圈舍里睡觉，睡醒后就和颈圈"置气"，不仅连一根头发丝儿的发情迹象都没有，还让牟仕杰、彭渤钧为它的粗脖子、小脑袋操碎了心。

　　原来，珍珍和其他的大熊猫不同。很多大熊猫都是脑袋圆圆的，脖子相对来说要细一点，这样戴上颈圈就相当于是一根合适的项链。而珍珍呢，无线电颈圈对它来说就是个把脖子继续变粗的赘生物。这位爱吃爱睡的海归大熊猫姑娘很气恼：为啥要为我的自由之身加上"桎梏"？于是就用爪子抓挠，结果一抓就下来了。哈哈哈！它心里无比喜悦！于是，就有了牟仕杰和彭渤钧等人监测到的信号明明就在眼前，但就是见不到珍珍身影的奇怪现象。最后好不容易才发现了隐藏在灌木丛里的颈圈，看着完好无损，两个人十分疑惑：它是怎么把颈圈拔下来的？顾不上多想，两个人迅速呼喊和引诱回珍珍，又把颈圈给它戴了上去，还特意收缩了一下皮带。

原以为这下万无一失了，可是第二天又找不见珍珍的影儿了。原来颈圈又掉了！这可不行！这还是在适应圈内呢，要是发情了放到野外去了，那珍珍岂不是完全放飞自我了？到那个时候，再要去广袤的森林找它可就难了……

　　这一天，牟仕杰和彭渤钧正给珍珍喂食，并佩戴上新的颈圈。刚佩戴上，正在吃竹子的珍珍一个反手就把颈圈给扒拉下来了。这一幕，把彭渤钧给惊得目瞪口呆。两人仔细一观察，珍珍头小脖子粗的秘密就被发现了。

　　给颈圈缠上厚厚的胶带增强摩擦力，再给珍珍戴上……人们终于在珍珍发情前，解决了颈圈脱落的问题。

　　但接下来，珍珍的行为让人更是哭笑不得。千呼万唤，总喜欢吃和睡的"懒"熊猫珍珍总算发情了，终于走出了适应圈。

　　这一走就走得太远了。一个来月了，珍珍的信号总是很不稳定，时有时无，再加上复杂的地形、变幻的天气，监测人员偶尔能监测到一点点断断续续的信号已是万幸。为了监测到珍珍的信号，掌握它的行踪，监测队兵分几路，每天疲于奔命，可还是没有收到珍珍的稳定信号，更不要说看到珍珍的身影并为它换上录音笔了。

从海拔3 000多米雪线以下的森林竹丛攀缘而上，走过开满鲜花的高山草甸，爬上海拔4 000多米的流石滩，疲惫不堪的人们不断调换频段，频频举起天线，竖起耳朵，但珍珍的信号依旧细若游丝，极不稳定。人们只能猜测，可能珍珍已经走到很远的地方。

一直负责野化培训和野外引种工作的吴代福心急如焚，紧急召集和补充队员，计划兵分多路，全力搜寻珍珍。

这边监测队员还在路上，那边核桃坪已经接到草坡乡的电话。原来，旅居他国回来的珍珍对旷野十分好奇，一路闲逛，竟然跑到了村民聚居区域，与当地正在劳作的村民进行了"友好交流"。最后，一通熊猫特技表演之后，还爬到别人家的核桃树上，在众目睽睽之下睡起了大觉。它脖子上的颈圈暴露了身份，最后被送回了饲养场。由于录音笔电量用尽，它在野外是否和野生大熊猫相遇过，也不被人所知。

2018年5月，参与野外引种的四只雌性大熊猫全部回到了核桃坪饲养场。根据录音笔收集的信息，除了草草与野生雄性大熊猫有交配行为外，再除去无信息的珍珍，其余2只都只是与野生大熊猫有过短暂相遇，没有婚配。当年7月，草草产下一对双胞胎并成活，造成世界轰动。后来这对双胞胎被人们取名为"和和""美美"，还获得了吉尼斯世界纪录。

带有野生大熊猫血统的熊猫幼仔降生并慢慢长大，张和民团队的大熊猫野外引种的计划实际上已经成功了。为了实现更多基因的交流互动，2019年的春天，草草和乔乔两只大熊猫走向了野外。温顺沉稳的草草仍然去了五一棚，而年轻貌美的乔乔则前往了天台山。

监测队员彭渤钧跟随着草草，亲眼见证了野外气场强大的熊猫王子。他说，它的毛色发着白光，异常干净。

五一棚4月的天气，温度依然很低，让戴着眼镜、皮肤白皙的彭渤钧靠着陡坡上的一段树干，身体止不住发抖。

"渤钧，你到树后面来，眼看着草草都准备下树了，一看到你浑身发抖，它又不动了。"何胜山用带着调侃的语气埋怨道。

彭渤钧只得努力控制住冻得发抖的身体，面带委屈地悄悄走到一棵麦吊云杉下。谁叫草草躲在那棵树上呢？为了观察草草的发情状况、是否有交配行为，何胜山、冯高至和彭渤钧组成监测"三人组"，早早就从宿营地出发，一路追踪到竹林里。明明有新鲜粪便和采食的痕迹，可就是没有草草的影子。

一顿寻找之后，何胜山发现草草就在彭渤钧依靠的树上。

戴着耳机的彭渤钧感觉信号就在面前。顺着何胜山的手指，他看到了在树上一动不动的草草。黑白相间的皮毛形成了保护色，如果它不发出声音，很难发现。

"哟呵，还真在树上。"冯高至跑过来，偏着头望向树上的草草。

"在树上！"何胜山激动道，"我就猜它在树上嘛！"

大树下，冯高至发现了两只大熊猫的粪便。一部分表面已经干燥的是草草的，另一部分新鲜的含有很多未消化完的竹节。

"这个是野生的。"他指着地上的竹节便，说："这和刚才我们在那边竹林里发现的一样。"

"也就是说有野生公熊猫尾随草草？"何胜山得出结论。

三个人开心一笑，这可是大好消息啊！说不定草草已经处于发情高峰期，再说不定，草草已经婚配了。现在，只要草草下树，取下录音笔，检查它的身体，就可以知道结果了。

但是，草草一点儿都没有配合的意思。即使彭渤钧冷得发抖，躲到了它的视线盲区，它也不下来。

天色越来越暗，林间越来越冷。三个小时后，就在彭渤钧快坚持不住的时候，草草终于下来了。

从草草的行为看，草草果然进入了发情高峰期。晚上，录音笔里传出来的数据令人兴奋。就在头天晚上的八点多，草草躲在树上，树下有两只公熊猫为了草草大打出手，并且发出了凄厉的惨叫声。录音笔里的声音证实了彭渤钧的猜测。

以前，草草要到有野生大熊猫活动的地方，才能寻得情郎。而现在，它竟然已经有了追随者，看来，这山野间的熊猫世界里，一定是有语言的啊。可能，草草连续三年到五一棚野外引种的信息，已经在这片野生大熊猫分布密度大的森林里传遍了。

春雨绵绵。山里变得潮湿又昏暗，遍地的山蚂蟥钻了出来，寻找可以吸血的宿主。监测"三人组"穿着不透气的雨衣，拔掉爬上裤腿的蚂蟥，取回了草草颈圈上的录音笔，和安装在野外红外相机上的数据。

听到录音笔里传出来的厮打声，看到红外相机里尾随在草草身后不同的熊猫，大家很是震惊。他们不禁替草草担心，野生大熊猫争夺配偶的场景是很残酷的，希望草草不要受伤才好。

在风的"沙沙"声和啄木鸟凿树的"嗒嗒"声中，时间一分一秒过去。这时，彭渤钧发现距离草草不过2米左右的地方，一只圆头大耳的大熊猫出现了，它的毛发白得发亮，身体竟比圈养大熊猫还要干净许多倍。它也是草草的追求者。

追求者显然也嗅到了人的气息，转过头来用警惕的眼神盯着已是目瞪口呆的三个人。随后灵活地钻进竹林，转眼就消失了。

当大家再次与草草见面时，精神萎靡不振的它让何胜山心疼极了。它蜷缩在阴暗潮湿的竹林里，一动不动。

"草草，草草。"彭渤钧轻声呼唤。

草草这才抬起眼皮，看了看围在身边的三个人，吸了吸鼻子，好像受尽了委屈的样子，随后又闭上了眼睛。

"野猫刚刚跑了。"冯高至指着周围新鲜的采食痕迹和粪便，判断刚刚还有一只雄性的野生大熊猫和草草在一起。

大家分工合作。彭渤钧蹲下来采集粪便样本，何胜山与冯高至相互配合着一边喂食安抚，一边为草草做简单体检，顺便更换录音笔。通过观察，草草的发情期趋于结束。

冯高至将竹笋放在草草手里，却发现它前肢发抖，已经握不住竹笋了，显然之前与野生大熊猫有过婚配行为。

由于心疼草草，一回到宿营地，三人就搬出电脑收听音频数据。录音显示，就在昨晚，至少有四五只雄性野生大熊猫为了争夺草草的交配权，进行了一场持久惨烈的打斗，凄厉的吼声此起彼伏，久久不息……

三人无比心疼，接下来对草草一直默然安抚。慢慢地，草草精神状况得以恢复。

几天后，引种成功的草草被送回核桃坪，得到了休养和很好的照顾。

彼时，在天台山的密林里，已经发情的乔乔正在和监测队员玩着走走停停的游戏。为了跟上它的节奏，监测队员牟仕杰和唐华只能放弃住在山里的小木屋，在野外搭起了帐篷。

他们不仅要跟随乔乔，还想拍下乔乔与野生大熊猫婚配的画面。

这可是一项重大工程。迄今为止，全世界还没有谁拍到过圈养大熊猫和野生大熊猫在野外婚配的画面。如果拍摄到了，对将来推进大熊猫保护工作，应用到其他物种的保护研究应该都很有意义。

但是，要拍到画面谈何容易！必须紧跟在乔乔身后，既不能让尾随它的野生大熊猫发现，影响婚配，又要随时观测到它的发情高峰期。更何况，现在连它在哪片林子里活动都不知道……

一天的追踪又开始了，看着GPS显示的海拔高度，牟仕杰心里打起了鼓——3 800米以上就是草甸和流石滩了，野生大熊猫是不可能在这种区域里活动的，难道这是反射信号？乔乔根本没有在这里？

尽管心里产生了怀疑，但既然来了，两个人还是决定再到山顶上搜索信号，万一乔乔翻过山脊到山那边去了呢？

到达高山草甸，天蓝得醉人。印度洋的暖湿气流越过喜马拉雅山，带来了和煦湿润的西南季风，让被狭长沟壑隔开的座座山峰绿意盎然。远处终年积雪的四姑娘山，雪光与阳光交相辉映，甚是壮丽。平整的草甸上，高山贝母开出了吊钟一样的淡黄色花朵，红花绿绒蒿已开始绽放，野百合椭圆形的花骨朵撑开了绿色的苞片，散发出阵阵幽香……很快，春姑娘手里的魔法棒将把这高山草甸变得山花烂漫。

两个人无心欣赏风景，走上了一踩上去就哗哗作响的流石滩。红景天和雪莲花生长的地方，有兔狲急速掠过的身影，高空中盘旋寻找猎物的老鹰，虎视眈眈地放慢了飞行的速度。紫外线很强，连日来的奔波，让脸上的皮肤褪去了一层。尽管温度还不到10度，但经过强烈的阳光曝晒，再加上担心那风化的岩石飞来而汗水直流，皮肤犹如伤口上洒了一层盐似的疼。

"四哥，你快听听信号吧。"唐华催促背着接收机、拿着天线的牟仕杰，嘴里冒出"嘶嘶嘶"的声音，这是真的很痛啊！

牟仕杰选了一处最高的地势，调整频率，举起天线，聆听乔乔的讯息。阳光刺眼，风吹过来，他的迷彩服就成了鼓胀的帆，让又瘦又高的他胖了整整一圈。

唐华舔了舔干裂泛白的嘴唇，皱着眉头问："咋样啊？"

心里想着，不要是反射信号才好。

怕啥来啥。牟仕杰手举得都麻木了，还是没有听到乔乔的信号。这下确认是反射信号了，反射信号就是信号越不过山崖，被反弹回来。实际上，乔乔根本就没在这个方向。

垂头丧气的两个人只得沿着信号相反的方向走。不知不觉已临近傍晚，两人只得在一处缓坡处宿营。山里很冷，他们生起一堆火后，累得倒头就睡。

　　第二天，终于测到乔乔的稳定信号。两人一路追踪，直到暮色将近，追到了一个叫两河口的地方。突然，豆大的雨点"啪啪啪"地打了下来，一场大暴雨随之而至。毫无防备的两人被淋了个透心凉，背包、睡袋全部被浇透。幸运的是在临近天黑的时候，在河边找到一处很久以前跑野外的人留下的用塑料布搭建的简易帐篷，因年久失修而显得寒酸。但此时此刻，虽外面下暴雨，里面下小雨，但对二人来说已是绝佳的避风港。

　　晚上在帐篷内的干燥处生了一堆火，摘了一把野菜，就着河水煮了一锅泡面，两人算是吃饱喝足了。耳听着气势雄浑的河水碰撞声，哗哗作响的雨声，困倦袭来，裹着湿漉漉的睡袋沉沉睡去。等到早上醒来，一收睡袋，居然还能拧得出水来。

　　也许是乔乔体谅他们的辛苦，两个人没用多长时间，就找到了藏在竹林里的乔乔。经过更换录音笔、体检，他们发现乔乔已经进入了发情高峰期。

这是个关键的时间节点，监测工作一点儿都不能放松。两个人用了13个小时，在终于有手机信号的地方与核桃坪取得了联系，将乔乔已经进入发情期的讯息传递了回去。又用了整整一天，翻山越岭回去更换了录音笔，装上了饼干和泡面。

不敢留恋柔软的床铺，不敢把被子盖得太暖和……又是一天的开始，牟仕杰和唐华朝着天台山进发。这一次，他们根据定位和记忆，直接到了两河口的简易帐篷区域住了下来。此后的二十多天，两个人水煮野菜，雨水泡面，在这与世隔绝、三面透风的简易帐篷里留守。

不久后，听过录音笔里信息的吴代福带着人赶来了。

人多，对分头监测乔乔、拍下珍贵的婚配影像很有帮助。可是，物资配备和供应就成了极大的问题。白天大家一路跟踪，干粮省着吃，到了野外坐在帐篷里，也只能吃清汤寡水的野菜和泡面，长时间下来大家的体力已到达极限。

吴代福认为这样下去不是办法，在高强度的体力消耗下，没有足够的肉类和盐分的补充怎么行？

　　吴代福当即决定由何胜山等人继续跟踪，他带领周季秋下山补充物资，快去快回。然而在复杂地形的影响下，他们想快也快不起来，出山便花了七八个小时，待返回时天已经黑了。他在老乡家里买了香肠腊肉，这可是好东西，无须费力烹饪，只需滚水一煮，既能补充能量，又能补充盐分。

　　当吴代福和周季秋背负物资赶回白天离开时的驻地，发现何胜山等人并没有回来。夜幕中的野外充满了危险，难道何胜山他们遇险了？吴代福焦急地通过对讲机呼叫何胜山："胜山，胜山，你们在哪里？"

　　"我们现在离驻地已经很远了，乔乔目前稳定，信号在我们所在的山梁下方，有野生大熊猫守在附近。"何胜山疲惫的声音从对讲机中传来。

　　收到回话的吴代福放下心来，随即更是一喜：乔乔正在发情高峰期，目前稳定，又有野生大熊猫尾随，交配成功的概率很大，拍到交配视频资料的概率也很大。成功就在眼前，辛苦的付出即将迎来收获。

月明星稀，冷冽的寒风将吴代福从喜悦中惊醒，他握着对讲机久久无法言语，想说坚持却无法开口，一天都没能得到补给的何胜山等人正饥寒交迫，体力达到了极限，想说回来，却又不甘心。

"安全第一，先撤回来。"吴代福尽管知道成功收获的不易，但在危机四伏的野外，可不能任性。

"太远了，明天再来就来不及了。"

"先回来吧，把肚子吃饱了再去。"

"我想再坚持一下。"对讲机里的声音有些疲惫，何胜山说，"再坚持一晚上没问题，我们还有一床睡袋，挤一挤就好，都到这时候了，没道理放弃。"

"坚持？"吴代福的声音有些颤抖。

"坚持！"何胜山的声音很坚定。

"好！都是……好样的！我们明天赶早给你们背香肠腊肉上来！"吴代福哽咽了。

第二天，何胜山成功拍摄到了乔乔与野生大熊猫10秒成功交配、全世界独一份的视频资料。

天微亮，吴代福就背着香肠腊肉出发，当翻越5个多小时的山路将物资送到时，饿红了眼的何胜山已等不及烧水，直接将生的香肠腊肉吃下了肚。

　　乔乔找到了它的"如意夫君"，把一群"野人"给高兴坏了，他们也终于可以短暂休整几天。本以为接下来把乔乔引诱下山就好了，哪知道乔乔又给大家出了一道难题。

chapter 15

第十五章　真正的
家

　　我们保护大熊猫，初心是保存它们的种源并让人工圈养种群在经过野化培训后，放归到大森林里，补充壮大濒危野生小种群，让大熊猫家族不再面临灭绝，永远与人类共存。

PANDA

五月份的天气，还有些许料峭春寒，尤其是深夜，平原尚且如此，更何况是深山里。雨水"哗啦啦"地从天上倒下来，人们在被四根手臂粗的树干支起来的红白蓝相间的条纹塑料篷布下，才能勉强躲避雨水。

火苗"噼里啪啦"地从枯木中蹿出来，把人的脸烤得红红暖暖的。可是背心却怎么总是发凉？用手一摸，背上的衣服变得硬邦邦、冷冰冰的。

"这是结冰了哦？"彭渤钧流露出不可思议的表情。

"这正常得很，"牟仕杰说，"这就叫冰火两重天。"

想到牟仕杰他们曾经在野外待了20多天，彭渤钧不说话了，转而问道："不知道这乔乔什么时候才愿意跟我们走哦……"

牟仕杰说："是啊。天天和我们躲猫猫，唤它不走，食物引诱也不走，那么好吃的苹果……"

"是不是找到了白马王子就不跟我们回去了？"彭渤钧若有所思，"可是，白马王子也就是那么一会儿和它在一起，其余时间还不是要单独生活。"

　　在火堆旁一直没说话的冯高至说道："这野外才是大熊猫真正的家。在森林里想去哪儿就去哪儿，自由自在的多好。"

　　"这野外的生活多辛苦！哪有饲养场好吃好喝的我们伺候着……"彭渤钧嘟着肉嘟嘟的嘴唇，取下眼镜，哈了口气，试图把眼镜上的水雾擦拭干净。

　　"嘿！你就不懂了，小彭。这世界上没有什么比自由更珍贵。什么叫'若为自由故，二者皆可抛'？熊猫天生是在大自然里生活的群体，而且喜欢独居。"牟仕杰说。

　　牟仕杰的一番话说得彭渤钧点头称是，现在大家干的工作不就是帮大熊猫能够回到它野外的家吗？

　　"如果一直这样下去，乔乔总不跟我们走，那怎么办才好啊？"彭渤钧问道："是不是只有麻醉了抬出去哦？"

　　冯高至和牟仕杰沉默了。麻醉后抬出去，这是没有办法中的办法。只是山路这么远、这么崎岖，有些地方根本没有路，抬出去又谈何容易？况且，麻醉也有时间要求，时间一长，对乔乔的健康是很不利的。

寒冷，让大家围着火堆一动也不想动。

"好冷！"一阵山风吹来，加上绵密的雨，彭渤钧打了个寒战。

"快睡了，快睡了！明早我们再看看乔乔在哪里活动，再试试往公路那边引吧。"彭渤钧的样子提醒了牟仕杰，他拿出睡袋，忙不迭地钻了进去。已经五十多岁的他因为常年在山里工作，疼痛的关节一再提醒他不能让身体在凄风冷雨中暴露太久。

夜已经很深了，旷野里雨声哗然。间或，有不知名的鸟儿发出警觉的叫声，划破长空。远处有野兽的低吼，在哗啦啦的雨声里显得沉闷又压抑。

三个人钻进睡袋里，没有言语。由于白天跟踪乔乔爬坡上坎连续奔波，牟仕杰和冯高至很快就睡着了，响起了此起彼伏的鼾声。

彭渤钧还醒着，他挺担心这雨一直下一直下，距离三人不远的河流会不会涨水，然后淹没这里，把三个人给冲走了。山里发大水被冲走的大有人在，听说很早以前一对挖药材的父子，就是因为洪水猛涨，在睡梦中被卷走了。

野外工作确实是充满危险，你真的不知道下一秒会发生什么。白天很多危险可以预防，人也显得机敏。但在夜晚，人体进入疲惫状态，更需要警惕。在距离天台山数个山梁的峡谷地带，前几年，有个做自然调查的姓王的研究员，年纪不到三十岁。有一天晚上在山上的岩窝里宿营，当晚整个岩窝坍塌，自此他就在岩石堆里长眠。除此之外，在野外摔断腿的、摔破头的，更是大有人在。

不知不觉，周围的雨声慢慢变小。彭渤钧拿出手机，时间已经过了12点。他也不敢看手机，尽管这是现代人再普通不过的消遣时间的方式。电量已经很少了，要用在有信号的地方，向遥远的大本营呼叫食物供给，报告紧急事项。

…………

"吃面啦！"冯高至摇了摇还在睡梦中的彭渤钧。

随之醒来的彭渤钧感觉脑袋跟灌了铅一样沉重。

但麻辣鲜香的味道涌进鼻子，刺激了他的神经。他都不用问，准是那随身背着的大水壶里煮了一水壶的方便面。他的脑袋里迅速勾勒出一幅画面，何胜山早上起来，提着昨晚放在火堆边的烧水壶，到河水猛涨的河边打了一壶水，然后提溜回来，烧了半天才有了这锅方便面。他突然想起"茶壶里煮汤圆"的典故，自嘲地笑了笑，便起身收拾好睡袋。

把昨晚吃过的自热米饭的盒子拿过来，这就是饭碗了。用两根小拇指粗细的树枝作为筷子，挑起蓬松有卷度的面条，"吸溜吸溜"几大口，昨晚不知道什么时候进入梦乡的彭渤钧瞬间有了精神。

"咦，四哥呢？"环顾下四周，彭渤钧就看到牟仕杰背着无线电接收机、手拿着无线电天线回来了。

"吃早饭了，四哥！"冯高至边打着招呼，边把一盒子挑好的面条递给牟仕杰，"怎么样？就在这附近吧？"

"信号弱。"牟仕杰回答道："可能是昨晚雨大，乔乔找地方休息避雨，一路走远了。吃完饭我们再跟着信号追下去。"

饭后，太阳高高升起。三个人收拾完毕，向着信号指示的方向追去。

　　"嘀嘀……嘀嘀嘀……"，耳机里传出的声音表示信号很强。不知道上了多少个坡，钻了多长的林子，随着信号的逐渐变强，大家得以停留下来休息。

　　站在海拔3 000多米的高坡上，坡下是茂密的箭竹丛。箭竹丛旁边是修长的常绿落叶阔叶林，高大的乔木遮天蔽日，上午的阳光星星点点洒落下来，草地上一片紫色的不知名小花，为大地披上一张紫色的地毯，看上去漂亮极了。水声淙淙，林深草密，这真是大熊猫栖息的绝佳之地，怪不得乔乔要在这里停留。

　　信号很稳定，移动幅度很小，乔乔应该就在这片竹林里吃竹子。

　　"乔乔终于肯让我们歇会儿了，哈哈！"脸红着、汗珠布满一脸的牟仕杰捡了一处稍微干燥的地方，招呼冯高至和彭渤钧坐下。这里有一块青石板从蕨类植物中突出来，正好够三人并排坐下。

　　走了大半天了，三个人也实在是累了。体力最差的彭渤钧顾不上后面的草丛上还残存有昨夜大雨留下的露水，直愣愣地躺了下去。

牟仕杰看了看表，已经是午后两点多了。

"叽叽喳，叽叽喳，喳啊……喳啊……"知更鸟的声音在林间响起，似乎在提醒着什么。

"有吃的吗？"端坐着的冯高至问。

"有，方便面。"牟仕杰拉开背包拉链，"不过，只有干啃。"

"嘎嘣脆"的方便面比早上煮得柔软的方便面劲道了不知多少倍。何胜山称这为"花式吃方便面"。没办法，在兽径纵横、人迹罕至的大山里，放了几天的冷馒头、冷鸡蛋，或者少量饼干，自热米饭……能有这些人间烟火的食物已经让大家很满足了。

嚼了几口干燥的面饼，冯高至实在口渴难耐，便收集旁边草尖上的水珠，捧在手里"吸溜吸溜"地往嘴里送。

"咔嚓——"竹林里传出了乔乔活动的声音。

"走，我们去给乔乔提供外卖服务。"牟仕杰笑嘻嘻地说，从背包里拿出根胡萝卜奔着乔乔去了。

或许是需要补充能量，乔乔看到红萝卜就跟了过来。这可是大好的引诱机会，牟仕杰给了它一根。待它吃完，似乎要给它又似乎不给它的样子，一路引诱它往山外走。起初，乔乔很配合，跟了一段之后就没什么兴趣了，转而朝山上跑了去。山里的笋子已经开始冒出了头，跟踪监测人员手里的胡萝卜就略显多余。如果再这样下去，要靠引诱的方式是很难的了。

山下的吴代福得知这一情况，也是很焦急。最后做了决定，监测队员尽量把乔乔往公路边引，他带人上山找准机会进行麻醉，争取在离公路最近的地方将乔乔带回核桃坪。

为了确定乔乔的准确位置，为麻醉做好准备，吴代福让何胜山带上监测队员唐华作为先遣部队，准确判定乔乔的位置，最好在找到它的同时，尽量驱赶它朝公路方向移动。

崎岖的山路，茂密的竹林与灌木丛，中间是一条羊肠小道，曲曲折折，一眼望不到头。一路朝上，翻越几座山包，穿过几片竹林，最后径直向上，终于监测到了乔乔的信号。此时，它就在悬崖下的竹林里活动。

按照计划，两人得紧紧地"看住"它。可惜天公不作美，下午的时候，瓢泼大雨顷刻而至，两人只得躲到岩窝下避雨。而这个时候，乔乔也因雨水的滋扰跑远了。

　　等两人发现乔乔行踪的时候，已经是第二天，它的信号在一处崩塌的大滑坡附近游荡。两人穿过大滑坡地段时，山上几块落石"飞"了下来。幸亏两人走得快，不然还不知道会有什么样的后果。

　　"它这是走到婚配的地方去了？"站在滑坡上方的何胜山很有些疑惑。

　　"跑这么快？"唐华不敢相信。要知道，乔乔婚配的地方与这里还有好几个山梁的距离。

　　你来听听？何胜山把耳机递给唐华。

　　"嘀嘀嘀"，信号很稳定。

　　何胜山说："你看这数值，这信号是从那条深沟里传出来的。"

　　原来，从昨天下午开始，乔乔已经走了很长的一段路，翻过一个山梁又一个山梁，走到了引种以来最远的地方。

走吧！何胜山有些无奈。他曾在乔乔的婚配场不吃不喝蹲守了一天一夜，深知那里地形复杂。

看来未来两天任务艰巨。唐华也到过乔乔的婚配场，暗自希望乔乔听话才好，不然就麻烦大了。

乔乔在野外带仔

当吴代福从对讲机里得知乔乔的行踪后，沉默了好一会儿。大家都是硬汉，早已做好了心理准备。他说:"没关系,我们要不了多久就到了。我们在两河口会面,然后再具体商量。"

晚上,吴代福、牟仕杰带着当地民工胜利会师。七个人躲在小小的彩条布棚子下,燃起一堆篝火,烧水和取暖。大家七手八脚,生火的生火,添柴的添柴,有的采摘野菜,有的架锅打水,又过上了当初乔乔发情期的跟踪监测生活。

第二天,天微微亮,大家一路急行军,走到了乔乔活动的位置。

崇山峻岭,竹林密布,若要就地麻醉把乔乔抬出去实在是天方夜谭。于是大家用GPS确定好方位,决定用食物引诱它,能走多远算多远,只求能尽量离公路近一点儿。

乔乔依然是那副不为所动的样子。无论是大家千辛万苦背上山的胡萝卜,还是苹果,它看都懒得看一眼。

那就只有驱赶了。七个人三面包围,一路赶着乔乔往山外走。正当大家认为这种方法有效时,乔乔趁大家不注意,瞅准时机上了树。然后,闭上眼睛睡大觉。

此情此景，大家也就只有乖乖地等在树下了。

一个小时，两个小时……不知不觉，已是晚上。

打开电筒，在一块大石头上方，大家找了一小块平坦的地面，作为休息区域。收集木柴，开始生火，漆黑的夜晚，很快被照亮。大家围着火堆，烤起了湿润的衣物。

"哪个包里还有水？口渴得不行了！"

"还有没有吃的？"有人问，却无人回答。

既然乔乔不吃，那我们吃吧。唐华把背包里的胡萝卜拿出来，分给大家，就算是晚饭了。

半夜，天下起了连绵细雨。大家支起架子，搭起油布，把软担架打开，脚挨着脚，并排坐着，挤在一起几乎没有空隙……

好不容易熬到天亮，大家又开始了与乔乔的拉锯战。乔乔后半夜悄悄溜下树，已经跑了很远。幸好无线电颈圈功能强大，很快便让众人找到了它。就这样，它忽而在山顶，忽而在河谷，和大家玩起了它擅长的"你追我就跑，你不追我就不跑"的游戏，一群人累得半死不活，但身处的位置与车能到达的公路边还有很远的距离。

还是麻醉吧！

吴代福和匆匆赶来的兽医交换了意见。乔乔不能再在野外跑了，不然野外引种的工作任务就不能完成了。

乔乔和所有大熊猫一样，听觉十分灵敏。吴代福和兽医的话它一字不落地听进了耳朵里。它扭头看了看拿着麻醉药品的何胜山，又看到兽医正在做准备工作。"三十六计走为上计"，又是好一阵乱跑。

兽医技术娴熟，去年乔乔回捕也是他打的"飞针"。匍匐在灌木丛边，用气枪瞄准乔乔的臀部，"噗"的一声，这针就稳稳当当地立在乔乔的身上了。

麻醉很快生效。大家用软担架抬起躺倒在灌木丛里的乔乔，朝不远处准备好的铁笼子前进。

"预备，起！"由民工和监测队员组成的十人队伍，抬着乔乔，开始往外走。

"小心！小心点儿！注意安全！"

"别让竹茬子碰到乔乔的眼睛！"

"抬高点儿，别划伤它！"

"小心前面，是个陡坡！"

…………

吴代福也是队伍中的成员之一。不一会儿，豆大的汗珠滚落下来，伴随绵绵细雨，衣衫很快湿透了。从2017年开展野外引种以来，吴代福没少参与抬动大熊猫，而这一次，他认为是最艰难的一次。实际上，这也是近几年来，大家公认的跑野外最艰辛的一次。

当把乔乔抬到预备的铁笼附近时，天已经黑透了，雨越下越大！大家分完最后一包方便面，放进嘴里干嚼着，决心熬也要熬到公路上！

手电光下，雨幕如雾。无数次的滑倒，有人崴脚，有人划破手和腿，有人在狭窄的路上被挤下竹林、掉下斜坡，有人一直在流血……穿过千丝万缕般、极尽缠绕之能事的竹林，蹚过水流刺骨的小河，闯过蚂蟥分布的重灾区，晚上十一点，总算到了公路上。当把乔乔放到皮卡车上，大家才纷纷像拔汗毛一样把蚂蟥从肚子上、腿上拔下。每一处拔下蚂蟥的地方就是一道伤口，而被蚂蟥叮咬后的伤口血流不止，鲜血已经湿透衣服……

经过一系列的检查，回到核桃坪的乔乔一切正常，食欲比到天台山之前还好。为了照顾乔乔喜欢在野外生活的性情，在饲养场休养了一段时间后，乔乔被送往了天台山野化培训场。

其实，乔乔去野化培训场生活，还隐含着一个野外引种的附属计划，那就是希望乔乔能够在野外环境下筑巢产仔。

时间一天天过去，神树坪饲养场的熊猫妈妈们开始陆续产仔。集中产仔季已经到来，前些日子回到核桃坪的草草也出现了产前行为。

一场罕见的暴雨，引发了特大泥石流。核桃坪外的皮条河河水暴涨，在河水和暴雨夹杂着的怒吼声中，草草的羊水破了。不多时，它先后产下了两只宝宝。饲养员趁草草不注意，取出了它的大仔，准备人工育幼。

由于洪水冲断了公路，神树坪"妇幼保健站"的育幼专家们来不了核桃坪，吴代福只有带着几乎只看过、没操作过的饲养员亲自上阵，帮助草草抚育大仔。

而在天台山的乔乔已有了孕妇的模样，它的食欲在慢慢变小。8月中旬，天台山连绵阴雨，但乔乔筑巢待产的一系列行为，如一大片阳光照进了潮湿的林子，人们的心情大好，即将迎来乔乔引种计划的成功。乔乔在一棵隐蔽的大树根部找到了一处可以容身的卧穴，这卧穴与野生大熊猫产仔的树洞类似。它还衔来了许多干燥的枯枝和树叶铺陈在卧穴里，做成了温暖的巢穴。它在等待孩子的降临！

　　吴代福、何胜山直接住到了不远处的树上，披挂着一身树枝，伪装成伴生植物，陪伴着即将临产的乔乔。9月中旬的一天，乔乔烦躁不安，频繁走动，食欲全无。

　　乔乔就要生产了。吴代福和何胜山眼睛都不敢眨一下，密切关注着乔乔的一举一动。

　　第二天上午和中午，乔乔产下了一对双胞胎。为了保证带有野外基因的两只幼仔都能成活，吴代福迅速取出乔乔的大仔，送往神树坪大熊猫"妇幼保健院"进行人工哺育。二仔则由乔乔在天台山的野化培训圈里自行哺育。

　　经辨认，乔乔的第一只幼仔为雄性，体重206.6克。

通常，大熊猫宝宝刚出生时的体重一般在150克左右，超过200克的较为少见。据吴代福和何胜山等亲眼见到乔乔生产的跟踪监测人员估计，乔乔的二仔比大仔的体格小不了多少，目测也有200多克。

乔乔成了继草草之后、第二只产下带有野生大熊猫基因的圈养大熊猫母亲。而它这对孩子，则是圈养大熊猫野外引种后，全球首对在野外出生的大熊猫幼仔。

张和民听到这个消息，想起英雄沟里最早的几只大熊猫，想起死去的蓝天和祥祥，想起淘淘，以及和淘淘一样正在野外活动的圈养大熊猫，他不禁双眼湿润，面对湛蓝的天空，露出了舒心的笑容……

后记

　　在一堂大熊猫公众教育课上，张和民对来自全国各地的学员说，对大熊猫这种珍贵又神奇的物种，真正的大爱是让它们走向自然，和人类永存。

　　随着大熊猫饲养场的不断发展，今天，大熊猫圈养种群数量已经超过了600只，不仅实现了数量上的飞跃，还达到了质量上的提升。而圈养大熊猫野化培训放归取得的阶段性成功，以及野外引种的顺利开展，让张和民又有了新的思路。他提出了大熊猫重引入的理念，计划着将人工繁育的大熊猫，在通过野化培训之后，到那些历史上有分布的、后来又消失了的区域去生存和繁衍，让大熊猫家族脱离灭绝处境的同时，建立起更加美好的生态环境，因为，无论人与动物，都需要干净的空气，清新的水源。

虽然历经几十年的保护与研究，大熊猫已从濒危物种降级为易危物种，但它仍然没有脱离险境。栖息地的破碎化，野生和圈养种群均面临的疾病威胁，以及圈养种群基因不足等，都制约着大熊猫保护研究事业的发展。

尽管年届六旬的张和民已经离开工作岗位，但保护和拯救大熊猫是他一辈子的事业。他相信，我国正在建设的大熊猫国家公园，将更加有效地保护它们的栖息地。我国正在开展的大熊猫疾病防控研究和重引入研究，也必将发展壮大现有的圈养种群。而他，也必将为此尽己之力。

注：重引入研究，指在历史上有大熊猫分布、后又灭绝的区域进行大熊猫野化培训放归，让该区域重新有大熊猫栖息。